U0028391

Sophia
作品集
07

Sophia

作品集

07

by Sophia

Sophia作品集07

JUST BETWEEN
YOU AND ME

喜歡的——直線距離

轉學生很安靜。

幾乎不理會人的那種安靜。

他坐在最後一排的角落，窗邊，像是一種曖昧的指涉，這是怕事的班導一貫的作風，消極地切割班級內可能擾亂安寧的某些人。

但班導可能不明白，在過於躁動的我們之間，從來就沒有所謂的安寧。

任何的風吹草動，都可能掀起一場巨大的翻覆。

因為安寧，並不是我們的追求。

01 因為痛，所以微笑

趁著體育課，我把情書偷偷夾在轉學生的數學課本裡，隨意擺在桌上的課本露出惹人遐想的粉紅色信封一角，儘管他的位置不在視線中心，但這從來就不是問題。

我悠悠地晃往操場，同學們以敷衍的姿態進行著暖身，全場最認真的體育老師瞪了我一眼，但我連假意加快速度的樣子也沒有，反而皺起眉，作態地咳了兩聲。

最後我趕上兩組收尾動作，任由小莓將我拉往一旁，意興闌珊地揮動著手腳，臉上卻朝著小莓揚起不安分的笑容；如果要畫分配圖的話，認真的她和我絕對是兩個極端，但不知怎麼地，兩個人竟成了他人眼裡最親密的朋友。

「就算不喜歡上體育課，也不應該用這種引人注目的方式出場吧。」

「本來我是打算蹺課，差不多也要走到保健室了，但一想到小莓會生氣，我就乖乖來出席了。」我輕佻地以指尖撫過她的髮尾，「妳應該要誇獎我。」

「每次看見妳，都有一種很討人厭的既視感。」

「討厭也是一種愛情的展現。我不介意。」

小莓乾脆地放棄對話，翻了個大大的白眼，抓了球毫不留情地朝我扔來，伸了手就要接住，但思緒一轉我側過身讓球砸中，痛，就算做好預備也還是痛。

少女的手勁真是太不少女了。

我蹲下身，露出痛苦的表情，小莓以為我在演戲並沒有打算理會我，但小莓畢竟是小莓，她總是太過在意朋友。

人心的脆弱並不在於一個人的堅強與否，單純只是一個人對於另一件事物究竟放進了多少感情。我很早就明白了這件事，所以，我很清楚每一個人都是脆弱的。

越是掏心掏肺，就越是會傷痕累累。

「妳不要嚇我。」

「是打算要嚇妳。」我垂下眼，稍微用力地抓住小莓，「我乖乖來了，可是我真的很討厭體育課，更討厭體育老師，所以我還是決定要去保健室。」

「妳——」

「讓轉學生送我去，他也一臉不想上課的樣子，而且妳就可以跟妳喜歡的班長一起練習了。」我扯開曖昧的笑，「快點嘛。」

小莓掙扎了一段時間，其實我也不是很明白這哪裡需要糾結，不過少女總有萬般思慮，反正她最後還是會照做。

「我才不喜歡班長。」

「好吧。我會當作是那樣。」

小莓瞪了我一眼，扶著我往班長的方向走去，班長屬於斯文的類型，所有行為舉止都讓人安心，也許正是這份沉穩吸引了小莓，但在我看來就是無趣。

班長堅持應該由他陪我到保健室，從各種方面來說都沒有錯，但當我拋出「班長應該扛不住我」後他便沉默了。

我好像傷到纖細的少男心了，但實話往往都是傷人的，於是受傷的男孩就沒有多餘的心思去考慮「為什麼最後是轉學生帶著秦悠悠離開」這件事了。

「趁虛而入最容易得手了。」

在離去之前我基於友愛還是給了小莓一個非常好的建議，不過所謂的少女，在愛情之前選擇的通常都是男孩。

白白被瞪了。真是。

□

半倚在轉學生身上，我很不喜歡和人有過多的肢體碰觸，雖然心底想著要把戲演足，反正保健室也不怎麼遠，但轉學生的體溫比我預想的還要高，也比預想的還難以忍受。

熱度。

這種存在就是惹人討厭。

「我好多了。」

「嗯。」

「小莓說你好像不是很想上體育課，所以覺得讓你送我過來剛好，你可以先回教室，體育老師一向很寬鬆。」

「我陪妳走到保健室。」

轉學生的聲音比一般男孩低一些，語速也慢了點，我往右稍微跨了點，拉出適當的距離；然而那隱隱約約的熱卻揮之不去，像是記憶裡那雙灼燙的手，握得越久便越燙人。

抬起眼，望向轉學生的側臉，有那麼一瞬間我彷彿瞥見了模糊的疊合；但明明一點相似之處也沒有，我想說不定是昨晚睡得不好，精神顯得有些恍惚的緣故。

「為什麼這樣看我？」

「沒有。」我轉開視線，「我只是在想，不過想來想去還是想不起你的名字。」

「陳哲凱。」

很普通的名字。

記不起來一點都不讓人意外的名字。

不知不覺我和他走到了保健室門前，燈管透著冷白的顏色，不好聞的藥劑味飄散在空中，正專心讀著書的護士阿姨並沒有察覺我和他的到來。

直到轉學生輕輕敲了門。

「秦悠悠，妳又怎麼了啊？」

「被球砸中，可能會有腦震盪之類的。」

「妳的腦袋沒有那麼脆弱。」護士阿姨擱下書，站起身朝我努了努嘴，「總有一天我會因為妳被檢舉。」

「反正還沒。」

我自動自發地往最裡頭的床走去，但走到一半我忽然想起轉學生還待在這裡，轉過身我迎上他沒什麼表情起伏的臉。

「你可以回去上課了。」這樣似乎有些無情，於是我又補了一句，「謝謝。」

轉學生稍稍點了頭，我不知道他會乖乖回到操場，或是順理成章地蹺課，但那跟我沒有太大的關係，不，我想起夾在他課本裡的那封情書，要是他搶先在所有人之前回到教室，那就沒戲了。

「轉學生。」

他停下腳步，轉身望向我。

「你可以，暫時留在這裡陪我嗎？」

轉學生稍稍皺起眉，透著一絲詫異又有一點不情願。

「護士阿姨待會還有事要辦。」我無視護士阿姨曖昧的目光，僵著臉繼續說話，以我對護士阿姨的瞭解，她的配合度一向很高。「我不想一個人待在保健室。」

在轉學生回答之前護士阿姨截斷他的話頭。

「對啊，秦悠悠膽子很小的，阿姨又剛好得去送個資料，就麻煩你陪一下她吧，我很快就會回來了。」

轉學生是沒有勝算的。

儘管不怎麼情願，但在護士阿姨不由分說直接離開保健室之後，他似乎也就沒有選擇了。

「你就坐在護士阿姨的位置吧，只要身邊有人就好，不用離得多近。」

「嗯。」

他認命地坐下，沒什麼打發時間的活動，他就順手抓起護士阿姨擺著的書來翻，但翻沒幾頁就又物歸原位，這是當然，畢竟護士阿姨讀的大多都是浪漫的愛情小說。

轉學生決定托著下巴望著窗外發呆。

也好。

就讓他多享受這片刻的安寧吧。

我想，當他再一次踏進教室的同時，他的生活就不會再有所謂的安寧了。

□

秦悠悠把整個人都蒙進毯子裡，陳哲凱在跨出保健室時停下腳步回頭看見的便是這一幕。

護士阿姨的表情簡直展現了曖昧的極致，他不明白秦悠悠在想些什麼，唯一能確定的就是她不想上體育課，除此之外他什麼也猜不透。

但他本來就不擅長這些拐彎抹角的事，不懂的事就不懂，他也沒有多大的興趣想要搞明白秦悠悠的心思；儘管他才轉學來兩個星期，但不必認真觀察就能推斷出秦悠悠屬於不安分的類型，班導師甚至指名道姓地要她「不要欺負新同學」。

秦悠悠沒有給他太多的關注，甚至沒有找過他說話，但畢竟有那樣的開端，陳哲凱多少對秦悠悠多在意了些；但即便多看了幾眼，他也沒瞧出什麼端倪。

不過就是個喜歡捉弄朋友的女生罷了。

特別是對那個叫小莓的女生，秦悠悠似乎每天都有新點子可以惹對方生氣，最後又花上一段時間來討好對方，根本就是典型的沒事找事做。

「欸、他回來了啦。」

陳哲凱還沒踏進教室就感覺到一股微妙的流轉，其實也不需要多敏銳的觀察力，只消一瞄，就能清楚看見那一雙雙緊盯著自己的眼。

卻沒有人替他解答。

他想起那天也是這樣的場景，當他從訓導處離開到走回座位的短暫路途上加諸在自己身上的也是類似的目光，猜疑、忌憚，以及更多他不願意細想的——

羨慕？

陳哲凱蹙起眉，他多看了窗邊的平頭男孩一眼，記得沒錯的話他是體育股長或是衛生股長之類的幹部，他的眼底寫著的並不是惡意，而是讓他不解的嫉妒與……羨慕。

怎麼回事？

他沒想過能瞞上多久，但這也不是值得羨慕的事才對——

抵達座位的瞬間他愣了一會兒，刺眼的粉紅色信封大刺刺地擺在桌上，他想一開始應該不是如此，而是被哪個人抽出來端詳，卻來不及塞回原處。

所有人都在期待。

期待他揭曉信末的署名。

陳哲凱不帶表情地將信扔進抽屜，他能感覺到一股強烈的不滿，甚至有幾個男孩正在推擠，彷彿最後會產生一個「讓他」拆信的勇者。

「不把信打開嗎？」

果然。

有人開口了。

誰都可能是打破屏息的人，但無論如何他都沒有料想到那個人會是秦悠悠。

秦悠悠側著頭，擠出滿滿的納悶，像是她真的非常、非常、非常不解為什麼他收到信後居然不打開，何況粉紅色信封佐以可愛的字跡，從什麼角度看都是情書。

只是陳哲凱不想被牽著鼻子走。

「不開。」

「為什麼？」

「既然是給我的，我要不要打開都是我的事。」

秦悠悠輕輕點了頭。

「這好像是轉學生說過最長的一句話。」她露出甜膩卻沒什麼感情的笑容，「雖然擺在你桌上，不過沒寫名字吧，說不定是放錯，畢竟送情書是一件讓人非常緊張的事啊。」

幾個人跟著用力地點頭。

秦悠悠的興風作浪大概就是如此「重點性」的，與平時調皮或是愛掀起風浪的男孩女孩不同，他想了幾秒鐘，是也沒有特別需要堅持的必要。

於是他再度抽出信，乾脆俐落地將信拆開。

很明快的情書，從看見你第一眼就在意得不得了，想多瞭解你一點，諸如此類的言語，在那件事之前他也收過不少封情書，而這一封，沒有多大的差異。

這些瞪大雙眼的人，也不過就是想有個八卦足以談論吧。

「芳蕾是誰？」

男孩們倒抽了一口氣。

「不認識。」

回答他的是秦悠悠。

但除了秦悠悠以外也沒有第二個人回答。

□

班長的表現比我預想的還要冷靜許多。

不過也是，本來就沒有太大的希望，乾乾脆脆的落空說不定心底還更踏實一點；我對轉學生沒有什麼不滿，只是他是最適合的對象，畢竟沈芳蕾老是一副高傲看不上所有男孩的模樣，這麼一來，在眾人眼裡的高冷校花，大概降了兩格，成了普通的校花了吧。

「秦悠悠，該不會是妳吧？」

「關我什麼事？」

「那是……」小莓欲言又止地瞅著我，她總是有敏銳的直覺卻沒有足夠的信心，也許是怕自己的臆測傷害到我，所以沒說幾個字就又把話吞了回去。「對不起，我只是覺得這整件事有點奇怪，但我也不認識沈芳蕾，說不定根本就沒什麼好奇怪的。」

是很奇怪沒錯。

成天想把自己塑造成聖女的沈芳蕾打死都不可能主動寫情書給男生，就連自己有一點好感的男生跟她告白，她也擺出一張高傲的臉假裝自己一點興趣也沒有。

雖然當我告訴她「那男生跟某某人交往囉」，她扯著我又哭又鬧了整個下午，但眼淚擦乾後她又抵死不認帳，我想，她還是得經歷一些考驗才行。

「不過妳的懷疑也是合情合理，畢竟看起來很有內涵的班長也很沒有腦的喜歡上沈芳蕾，這麼愛妳的我設法讓他的幻想破滅，又可以興風作浪，看起來是很符合我的作風沒錯。」

「唉呦，我沒有真的那麼想嘛……」

小莓可愛的臉越發愧疚地皺起，真是讓人心疼，明明我說的是實話，她卻一臉「對不起我誤會妳了妳真的好委屈拜託不要這樣把罪責加諸在自己身上了」，假使我繼續強調「是我真的是我」，小莓說不定會內疚到找一面牆來撞。

但我體內的善良實在太過稀少了一點。

「而且也是我逼著轉學生當眾把信拆開。」我大大地嘆了口氣，「待會兒我就去自首。」

「對不起嘛……以前跟沈芳蕾同班的女生也說那應該是她的字跡，我只是、只是……反正，懷疑妳就是我的不對，原諒我好不好？」

我勾起貓膩的微笑。

小莓最討厭我露出這種表情了。

果然，她愧疚的臉逐漸染上狐疑，在等待我說話的過程中不自覺瞇起眼，揣度起我是不是又包藏禍心。

當然不能讓她失望。

「妳去跟班長告白我就原諒妳。」

「秦悠悠！」

「沒三秒鐘就板起臉，一點誠意也沒有。」

「這是兩回事。」

「總之我記住囉，妳、欠我一次。」

我扮了個鬼臉，抓起書包乾脆地往外走去，雖然要好但我從來沒跟小莓一起回家過，表面是不怎麼順路，而且小莓得等她妹過來接她一起回去，她不好意思讓我陪著等；其實這幾分鐘對我來說不是很重要，但有個脾氣很差又沒耐性的聖女正在途中乖順又忍耐地等著我。

沈芳蕾一定有病。

從很久以前我就這麼覺得了，雖然從幼稚園就認識，勉強能說是「交情深厚」，但深諳內情的人大概能毫不留情地給出評語：「秦悠悠分分秒秒都在霸凌沈芳蕾。」

例如搶她東西吃、任意支使她、把重物扔給她、讓她替我寫作業，或是拚命擊潰她的自信心；但她的反抗卻都軟弱無力，嘴裡拒絕但卻順從得像丫鬟。斯德哥爾摩症候群。我還要求她去看一下醫生，但這是少數她抵抗到底的事。

漂亮高傲的沈芳蕾以優雅的姿態站在圍籬旁讀著單字本。

她確實很漂亮。

「如果妳手上拿的是『違反善良風俗』的讀物，我會替妳加十分。」

「我不需要妳的分數。」

「是嘛。」她理所當然地伸出手想替我拿書包，這種角色的反差大概能輕易成為流言蜚語的第一位，我隨手把剛才把玩的折疊傘塞給她，「有吃的嗎？」

「嗯。」

沈芳蕾從書包的夾層掏出巧克力餅乾，還替我撕開包裝後才遞給我，我很懶惰地張開嘴，她也就順理成章地取出餅乾放進我的口中，這種模式，連她媽媽都嘆為觀止。

「秦悠悠。」

不過她喊我的方式則是一貫的不客氣。

「做什麼？」

「給你們班那個轉學生的情書，是妳寫的吧？」

「嗯。」

她生氣地瞪了我一眼，卻也沒多說什麼，太過習慣我的惡作劇也不是件好事，奪走我的樂趣；但沈芳蕾突然停下腳步，認真地盯著我瞧。

「我不喜歡那種型的男生。」

「我知道啊。」揉了揉她的瀏海，最在乎形象的她沒花三秒鐘就整理好頭髮，「他大概也不喜歡妳這型的，所以不用擔心。」

「既然如此，妳又為什麼——」

「因為小莓喜歡的人喜歡妳啊。」

她斂下眼，抿著唇，美麗的女孩總是有許多煩惱，特別是她什麼也沒做，但男孩們的喜歡卻成為她被指責的理由；曾經給她微笑的女孩，卻突然以怨懟的眼神瞪視著她，於是她越來越退縮，越來越不敢相信他人。

儘管我對小莓有百分之九十九的把握，但難解的少女心總是那動盪的百分之一，至少在班長的喜歡徹底死滅之前，我沒有打算挑戰那百分之一。

沈芳蕾的小心臟脆弱得要命。

「所以，妳才不讓我認識她嗎？」

「沈芳蕾，搞清楚妳的立場，妳成天擺著一張臭臉，不管從任何角度來看都絕對稱不上勾引，不要太看得起自己了。」我嘖了聲，「我單純就只是想欺負妳。」

她居然笑了。

沈芳蕾果然有病。

□

情書事件不到一天就傳遍了整間學校。

沈芳蕾知道主犯後便行使緘默權，以更高一階的高傲態度冷硬地蔑視所有探問。

於是有人說「一定是她寫的，看她的表情就知道」，也有人反駁「絕對不是她寫的，看她的表情就知道」；我完全不能知道沈芳蕾的表情到底透露了什麼，她就只是冷著臉，當作什麼也沒有聽見罷了。

高中生的想像力真豐富。

「妳好像很開心。」

「我每天都滿開心的。」

轉學生像背後靈一樣站在我的身後，他的聲音非常好認，比起他的臉，我記得更深的是他略顯低沉的緩慢嗓音。

但他應該不是會特地搭話表現友善的類型。

「有什麼事嗎？」

「我看過妳的筆跡。」

「所以呢？」

「跟那封信很像。」

沒想到最不應該看穿真相的人卻輕易地找出盲點。

我沒有模仿或者偽裝，不知道從什麼時候開始我跟沈芳蕾的字跡便越來越像，合理懷疑是她為了替我寫作業而逐漸忘了自己本來的線條；但大多時候她的字跡都透露著拘謹工整，而我則是充滿著敷衍的潦草，如果不仔細比對，根本不會察覺相似。

看來轉學生超出我的預想。

「很多人不是都確認過了，那確實是冰山校花的字跡嗎？」轉過身我扯開了唇角，「不過轉學生什麼時候看過我的字跡？」

「考卷。」

「原來如此，我差點就以為轉學生對我懷抱著什麼樣的心思了。建議你不要。」

「為什麼？」

「什麼為什麼？」我露出恍然大悟的表情，「因為轉學生不是我喜歡的類型啊，為了避免你傷心，所以建議你——」

「我說的是信。」

「這樣啊。」

轉學生堅定地注視著我，一副有著十足把握的模樣，不知道他的根據是什麼，但就算他跑到操場中央大喊「情書是秦悠悠寫的」，也不過是讓人有更多話題可以討論罷了。

沉默。

是最委屈卻也最能消卻話題熱度的策略。

「到底為什麼就堅持是我呢？」我嘟起嘴，有些埋怨地望著他，但沒幾秒我就笑了出來，「惡作劇需要理由嗎？」

「我不想參與。」

「反正，你也沒什麼損失，你只要繼續維持這張沒興趣的臉，大家就不會關心你了。」

「所以妳的目標是沈芳蕾嗎？」

「我討厭她。」我扯開甜甜的笑容，「這個答案夠明快嗎？」

轉學生沒有給我任何回應。

取而代之的，是一個厭惡的表情。

在他走遠之後，小莓輕輕推了發愣的我，鐘聲響了，她這麼對我說：

「妳怎麼了嗎？」

「沒什麼。」我斂下眼，轉學生方才那抹神情又安靜地滑過，「只是看見了某個很熟悉的東西而已。」

□

我討厭她。

秦悠悠給的答案就這麼直截了當。

彷彿那之間並沒有足以解釋的餘地，無論多麼善意的看待，都是一場荒謬而無理的攪弄；但他還是感受到一股刮人的風，用力地撲打在沈芳蕾的身上。

惡意的。

像是待在平地的人們期待她從頂端狠狠摔落，這讓陳哲凱難以忍受，特別是她那張狀似不在意的臉，如同一面鏡子，映出那些日子他痛苦的忍耐。

也許他該學乖。

學著所有旁觀的人，不參與就不會有事，但他終究沒有辦法，在幾天的掙扎之後他還是走到了沈芳蕾的面前。

他擋住她的去路，而沈芳蕾輕輕蹙起眉，像是沒有預料到這一幕。

「信，不是妳寫的吧。」

「所以呢？」

「我可以告訴大家這是秦悠悠——」

「不關你的事。」

她說。

不關你的事。

一個音節一個音節密合上他最鮮明的記憶，他咬緊了牙，緊緊盯視著眼前面帶怒意的女孩，這不關你的事，她又說了一次。

「秦悠悠把信擺在我桌上。」

「因為你是轉學生。」

沈芳蕾的動作裡醞釀著離去的意味，但她卻彷彿要和自己的意志對抗一般，以過於冷硬的口吻向他說明，不是為了表示親切，而是要讓他不要涉入。

「總之，這不關你的事，不要去找秦悠悠麻煩。」

而這句話挑起了他壓抑了很長一段時日的憤怒，但他仍舊拚命忍耐，繃緊神經讓自己不要失控地說出任何一句不該說的話語；最後沈芳蕾斷然轉身離開，他握得死緊的拳頭憤恨地擊往一旁灰黑斑駁的泥牆。

不關你的事。

陳哲凱耳畔如鬼魅般響起P的聲音，也響起那群學長不懷好意的聲音，甚至還響起他喜歡過的女孩的聲音，不關你的事，他們通通都這麼對他說。

但他到這一瞬間依然不能明白，為什麼人能夠撇開眼假裝自己眼前並沒有另一個人正承受著痛苦？

所以他破壞規則了。

這個世界該受懲罰的並不是施加痛苦的人們，而是破壞規則的人。

「為什麼要插手？……你知不知道這樣只會讓學長變本加厲，你改變不了什麼，學長就快畢業了，再幾個月就結束了，你、你為什麼要插手？」

P說。

他以為P已經夠痛苦了，卻沒有想到是自己讓P露出更加痛苦的神情。

陳哲凱來回思索了千遍萬遍也不明白整個世界的運轉，他只記得自己臉上的血漬還來不及擦乾，也沒有人記得他其實受了很重的傷，甚至連他自己也忘了那些痛楚；沿路那些人的眼神、同學們的閃避，還有學長憤恨卻得意的臉，最後，是P的低頭。

他被記了兩支大過。

懲處理由是勒索和鬥毆。

P把整個故事的角色調換了過來，他記得P陳述得斷斷續續還帶著明顯的顫抖，P不敢看他，連抬頭也沒有，而訓導主任繃緊臉，卻沒有質疑這個荒謬的故事。

陳哲凱身旁沒有任何一個人說話。

因為學長讓P告訴所有人，P自由了，於是便有了空位，想走近陳哲凱的人，會先被抓去填補那個位置。然後陳哲凱成為了被捨棄的那個人。

他開始明白，那便是P長久以來待的位置，因而在所有人之中，離他最遠的、便是P。

「原來，每個地方都是一樣的……」

陳哲凱以非常緩慢的速度走回教室，他和許許多多人錯身而過，而在人群之中也包含著秦悠悠，他安靜地注視著正笑著說話的女孩，但這麼仔細地望著卻有種難以解釋的錯覺，彷彿她唇邊掛著的並不是笑容，而是嘲諷。

像盤旋在他心底的鬼魅一般。

他撇開眼走回座位，這不關自己的事，他咬著牙告訴自己，他媽的這整個世界都不關他的事。

□

轉學生蹺課了。

起先同學對他在突兀的時間點踏進教室便懷抱著各式各樣的心思，佐以班導師那份放任的態度，讓大多數人的心底都有了相似的輪廓；然而他安安分分的，即使冷淡卻也不難相處，大家也就逐漸接受了他的存在，但他突如其來的缺席，再度喚醒了眾人的臆測。

在這種好奇心擠壓到幾乎爆裂的狀況下，通常我都是被推上浪頭的人。因為我扮演的就是這樣的角色。

即便小莓擋在我的面前，讓我不要涉險，對她而言這大概是一件非常危險的事，我猜想她可能從來沒有考慮過轉學生的立場，一旦在這動搖的時刻眾人沒有得到答案，便會讓他們心底的猜想成為答案，最後轉學生的結果只有一個，就是被排擠。

如同那時候的沈芳蕾，她拙於為自己辯解，於是放棄了抵抗，最後她的身上差那麼一點就要被烙上了「愛搶別人喜歡的男生的人」。

這個世界是蠻橫無理的，所謂的烙印，跟一個人做了什麼有時沒有直接關聯，單純只是多數人認為「她就是這樣的人」。

我不是善良的人，我只是，討厭這種殘酷的烙印。

「據說主角都喜歡爬上頂樓一個人吹風，看來轉學生很想當主角。」

轉學生稍稍旋過頭，但我撞見的眼神卻帶有著強烈的厭惡和灼燙的憤怒，看來我不怎麼惹人喜歡，我嘲諷地扯開笑，微風輕輕撫過我的頰邊，我想了幾秒後決定不走上前站在原地就好。

「班長很擔心你發生了什麼事。」

「那就不應該是妳來。」

「因為我不想上課。」我聳了聳肩，以這種狀態大概交談不了，「我會告訴班長，你身體不舒服，至於哪裡不舒服，你就自己決定吧。」

風停了。

我正要轉身。

但轉學生的聲音卻拉住了我的移動。

「為什麼要這樣對沈芳蕾？」

我愣了一下。

這已經是他第二次提起沈芳蕾，突然我領悟了他眼底的厭惡，大概是對於我的作為感到相當不齒，我不自覺笑了出來，轉學生似乎比我預想的還要有趣。

「看來我低估了冰山校花的魅力吶。」我刻意地偏著頭，露出苦惱的表情，「虧我還以為你百分之百不會喜歡她呢。」

「這就是妳的目的？」

「嗯，因為老是她拒絕人，偶爾也要出現拒絕她的人吧，這樣比較公平。」

「這種玩笑很無聊。」

「可是大多數的人都覺得有趣喔。」這次我乾脆地轉身，沒有繼續和他對話的意思，「而且，很多人鬆了一口氣呢。」

那些女孩。

彷彿以為只要沈芳蕾心底放進了某個人，她或者她就能得到男孩的感情，簡直像個簡單的等式一樣；一旦沈芳蕾也和大多數的女孩一樣，在愛情中得到了一個拒絕，女孩們就能告訴自己，即便是那樣的人也得不到想要的愛情，更何況是自己呢。

然而說到底，她或者他的感情又和沈芳蕾何干呢？

我一階一階踩著往下走，腳步聲迴盪在冷硬的樓梯間，鈍重的，毫無少女的輕快感；但一股充滿急促的奔跑聲卻壓倒性地襲擊而來，我才剛踏上一樓走廊，就看見臉頰紅撲撲的小莓朝我跑來。

「妳沒事吧？」

「太擔心我所以也跟著跑出來嗎？」

「老是擺這張無所謂的笑臉才是最讓人擔心的事。」

我無辜地嘟起嘴，伸出手輕輕抹去小莓額際沁出的薄汗，熱熱燙燙的，而且還帶著我最討厭的濕濕黏黏，但我沒有擦去，而是讓她的汗水在我指尖緩慢地風乾。

「可是我最擔心的是妳老是不肯去告白耶。」

「回去上課啦。」

小莓拖著我往教室的方向走，她沒有提起轉學生，彷彿確認了我安好而其他的什麼就都不重要了。

「如果我不小心愛上妳該怎麼辦才好呢？」

「我一定會拒絕妳。」

「可是沒辦法拋棄我對吧？」

「秦悠悠。」

小莓忽然停下動作，差一點我就撞上她的後背，只差一步就踏進了教室，英文老師低啞的嗓音清晰地竄進我的意識，而她的臉掛著無比認真的表情。

「就算妳先拋棄我，我也不會拋棄妳。」

——就算悠悠討厭我也還是會牽住妳的手喔。

那一瞬間，我忽然承受不住小莓眼底的堅定，掩飾般我扯開笑，技巧性地掙脫小莓的抓握，往後踩了一步：「就說找不到我吧，合理的蹺課這種機會不是每天都有呢。」

我又往後跨了一步。

在小莓的手搆著我之前。轉身。

奔離。

□

他聽不清楚秦悠悠離去前說的那句話。

但陳哲凱心底的鬱悶稍微緩和了些，逼著自己冷靜之後他也覺得自己似乎太小題大作了點，也許秦悠悠真的就只是調皮而已，況且他才剛轉學過來，又怎麼能瞭解這些人的關係分配呢。

他的右腳還懸在倒數第一階，早好幾步離開的秦悠悠卻又折返回來，至少應該跟她說聲謝謝；然而秦悠悠像沒看見他一樣快步走過，匆匆一瞥卻依然能察覺她臉上的緊繃，他對秦悠悠的印象始終是那張興風作浪的笑臉，才剛告誡自己不要多管閒事，但身體卻不受控制地跟了過去。

「……我到底在做什麼？」

陳哲凱小心翼翼地加快腳步，但他發現自己並不需要這麼做，秦悠悠全然無暇顧及身旁的一切，甚至途中某個老師喊住了她，她也視若無睹。

最後秦悠悠居然走到了圍牆邊，停下步伐留下鼓譟的喘息聲，她停了好久，久得讓他以為她只是想待在這僻靜的角落獨自沉澱，於是陳哲凱往後退了兩步準備離去，卻在轉身之際看見秦悠悠以笨拙的姿態試圖爬上圍牆。

她想翻出去嗎？

太荒謬了。

眼前的畫面荒謬到讓陳哲凱一時間忘卻了移動，不，翻牆的本身並不是荒謬的主因，而是秦悠悠的姿態擺明透露著「這個人絕對翻不過去」。

但秦悠悠卻帶著一股怒氣拚了命踩著牆緣，陳哲凱沒有心思細想「有個女孩的裙襬晃啊晃地還露出大片白皙的大腿肌膚」，目光焦點反而聚集在那抹隱隱若現的紅。

是血。

粗糙的牆面無情地刮傷少女粉嫩的肌膚，但這一切彷彿都無法使秦悠悠停下，即使成功翻過了牆，這傢伙也會重重摔下的。

意識到這點，陳哲凱旋即一個箭步往前，用力地攔腰抱下秦悠悠，卻由於施力過猛，讓兩個人以難看的姿勢摔倒在泥地上；而這一摔，似乎沒有拉回秦悠悠的理智，她像不聽話的小孩般拚命扭動掙扎，迫使他得使出全力摟抱住她。

「你做什麼啦？」

「妳才是在想什麼啊？」

「不關你的事！」

又是這句。

不關他的事不關他的事不關他的事。

這個世界的人除了這句話就沒有別的話好對他說的嗎？

「妳就那麼想往下摔嗎？沒看見妳的腿都是傷口了嗎？」

他這麼一吼似乎讓秦悠悠回過神來，纏繞著她的激動退卻之後，她突然極其冷靜地盯望著他；陳哲凱也才意識到自己的手還緊緊固定著她的腰，更別說兩個人正以曖昧不堪的樣態倒臥在泥地上。

近得，連對方的呼吸都逃躲不了。

陳哲凱慌亂地鬆手，卻不敢貿然推開秦悠悠，但她卻沒有起身的意思，一半的重量仍舊壓在他的身上。

「明明表現出一副什麼都不關你的事的樣子，卻那麼愛管閒事。」

「妳——」

「轉學生。」

「妳要不要先起——」

秦悠悠猛地旋身，讓兩個人的距離拉得更近，也讓陳哲凱更加侷促不安，視線不知道擺往何處，只能望向湛藍的天空，兩朵雲飄啊飄的，但該死他這時候卻又想起秦悠悠那飄啊飄的裙襬……

「我起不來。」

「什、」陳哲凱愣了一下，「妳說什麼？」

「我的腳好像扭到了，起不來。」

陳哲凱終於完全清醒。

他小心地移開秦悠悠，飛快地起身後連忙扶起她，她的腳踝腫得有些明顯，那漾開的紅卻映襯出秦悠悠過於白皙的滑嫩肌膚；他拚命告訴自己不要多想，但喉嚨卻湧現強烈的乾渴，他撇開眼，伸出手想拉起秦悠悠卻想起她無法起身。

最後他蹲下身，抱起秦悠悠。

「轉學生。」

「又怎麼了？」

「謝謝。」

陳哲凱的心頭輕顫了下。

這些日子以來他第一次有了安定的感受，他所做的一切，當然，他也明白那或許不是別人要的，但他也只是想拉對方一把，即便不奢求得到感激，卻也沒有料想到撲打在他身上的是那麼殘酷的回應。

謝謝。

但秦悠悠這麼對他說了。

儘管她說了「不關你的事」，但她的謝謝，卻讓整句話延伸成了「雖然不關你的事，但還是謝謝你」。

「小莓追問的話，你就說我追兔子追到跌倒吧。」

「兔子？」

「嗯。」秦悠悠忽然笑了，「一個人說起來很不可置信的話，只要兩個人都這麼說，反而就沒辦法懷疑了。」

「直接跟她說妳想翻牆但翻不出去很丟臉是吧？」

「不丟臉啊，反正那本來就是我做不到的事。」

「那——」

「看來我錯看你了，以為你不會囉哩巴唆的，但為了避免你把我扔在地上，就只說這麼一次。」短暫的停頓滑過兩個人相隔的縫隙，她的聲音放緩了一些，「小莓會問，為什麼非得翻牆不可，這不是我想回答的問題。」

所以你也不要問。

陳哲凱聽出她的弦外之音了。

他想說些什麼卻找不到適當的詞彙，在下一個呼吸之前護士阿姨的驚呼打斷了他的思緒，護士阿姨強勢地指揮著他的動作，他聽見秦悠悠開始生動的描繪著一隻不存在的灰白混色巨大兔子，視線落在她咧開的笑容上，他忽然發現，也許他所看見的一切，不過是這個世界想被他看見的模樣罷了。

秦悠悠的興風作浪，或許，是為了讓所有人的目光都投向那些浪，而不去看見站在一旁的她。

他暗自吁了口氣，怎麼一牽扯上秦悠悠他就像得了一種多愁善感的病了？

「欸，你說，秦悠悠到底是怎麼搞成這副模樣的？」

「什麼？」

「不要告訴我什麼大隻肥兔子，秦悠悠又做了什麼亂七八糟的事了，嗯？」

他望了秦悠悠一眼。

「兔子往後操場那邊跑，一開始我也以為自己看錯了……」

「真的有兔子？」

「妳看吧，都不相信我的話，唉，就說了最痛的不是這些傷口，是我的心吶。」

「這種事情……好吧，妳忍著點，消毒會有點痛，那個男生，你可以先回去了，順便幫秦悠悠收拾書包吧，看她的樣子是打算賴到放學了。」

陳哲凱點了頭，又望了一眼皺著眉卻擠出笑的秦悠悠，兔子，她又繪聲繪影地說著，像是要說服的並不是別人，而是她自己。

兔子跳得超快的喔。

不知為何他忽然感覺這瞬間的秦悠悠讓人有點難過。

他很明白，因為人最需要騙過的人就是自己。

□

醒來的時候轉學生坐在床邊的椅子上讀著書。

我迷迷糊糊地撐起身，打了個很不少女的呵欠，納悶地瞥了他一眼，而轉學生悠哉地把書塞回書包，努了努下巴，示意我已經過了放學時間。

「小莓呢？」

「她先回去了。」

小莓屬於那種會排除萬難也要待在我身旁照顧我的類型，但這裡只有轉學生，怎麼想都不合理，但他似乎沒有說明的意願。

這也不是很重要。

我有些吃力地穿好鞋，踏地的瞬間還真不是普通的痛，我還在盤算一條最快速的移動路徑時，轉學生一聲不吭就攔腰將我抱起，彷彿他打從一開始就準備這麼做。

學校裡的人散得差不多了，天色有些昏暗，我晃了晃右腳，雖然覺得自己應該推拒一下，說些「放我下來、我可以自己走」之類的台詞，但想想算了，這樣省力又不必忍痛，挺好的。

何況，喜歡多管閒事的人比起阻止他們，倒不如真的派些什麼事給他們，對雙方而言都輕鬆愉快。轉學生大概就屬於這類人。

我想對轉學生的印象必須大幅修正了。

還有稱呼。

「陳哲凱。」

「怎樣？」

「看來我記對了，你的名字。」

他沒有搭話，但在校門口他停頓了下，「哪邊？」

「右邊。」

接著再走個五分鐘就會在路口碰見漂亮的冰山校花。我想這麼說，但只是又打了個呵欠，沈芳蕾大概回家了，我不是很確定，畢竟我從來沒讓她等那麼久過。

但她如人形立牌般的身影卻佇立在牆邊。

我感覺陳哲凱抬頭瞄了她一眼卻沒有放慢步伐，也是，抱著另一個女孩的確不應該和校花打招呼，這違反禮儀，而我也沒有打算洗掉他黏在我背上的標籤，既然我討厭沈芳蕾，就更應該視而不見。

「等一下。」

他停下了動作。

不知為何我輕輕嘆了口氣，反正沈芳蕾待會就會跑到我家來問東問西，實在沒有必要招惹麻煩，但我玩了玩左手，陳哲凱沒有催促我，沈芳蕾也沒有打破沉默，像是兩個人都替我預留了各種答案的空間。

沒事。走吧。這樣說是最明快輕鬆的了。

「書包給沈芳蕾拿吧。」

我很清楚，一個動作不僅僅意味著一個動作，而是某個什麼樣的事件的開端，人無法單就一個動作來揣想即將引發的是些什麼，所以我通常會避免多餘的動作；然而這一瞬間我所做的，不單單是多餘，甚至是危險的。

沈芳蕾接過了書包。

甚至她走在前面替陳哲凱引路，我把頭靠在他的胸口，不要多想，什麼都不要去想，反覆地告訴自己，如果陳哲凱追問的話，就說我一直在欺負沈芳蕾吧。

這樣就好。

「到這裡就可以了，被男同學抱回家這種事，怎麼想都太糟糕了吶。」

「傷口不要碰水。護士阿姨要我告訴妳。」

陳哲凱一將我放下，沈芳蕾就趕忙扶住我，他意味深長地望了我一眼，我只是勾起無辜的笑聳了聳肩。

「總之，今天謝謝你了，改天我抓到兔子會第一個給你看的。」

「以妳的運動神經，應該是抓不到。」

「沒想到你也會說冷笑話呢。」

這次他乾脆地轉身，扯了扯書包背帶頭也不回地往前走，我側過頭迎上的是沈芳蕾蹙起的眉，不很明白她眉宇間糾結的是我的傷又或者是讓陳哲凱抱著的事。

偶爾我會感覺她對我絕對懷抱著不純的心思，稍微想像了下她向我告白的畫面不小心就笑了出來，沈芳蕾還在蹙眉，這樣一定會長皺紋，於是我很好心地戳了戳她的眉心。

「以後不要等了。」

「我扶妳進去。」

「小蕾。」

「不要那樣叫我。」她有些賭氣地推著我走，「我明天早上在妳家門口等妳。」

「只是扭傷而已嘛。」

「妳從來就不會在乎自己受的傷。」

她近乎粗暴地推開門，迎接我們的依舊是空蕩蕩的屋子，她小心地將我放在椅子上，又說了些什麼但我沒有注意聽，最後她走了，輕輕帶上門，我想她氣大概消了。

低下頭我注視著腳踝的白色繃帶，試圖扭轉一小圈卻傳來強烈的疼痛，我以為沒事的，我是真的以為沒事的。

妳從來就不會在乎自己受的傷。

但不知為何，沈芳蕾那壓抑的嗓音卻纏繞著我，久久不能消散。

□

這微妙的畫面究竟是什麼？

我瞄了一眼右邊，又瞥了一眼左邊，偏著頭我試著找尋適合的形容法，但左思右想竟沒有一個詞彙足以吻合情境。

冰山校花雙手抱在胸前站在右邊的門柱旁，冷酷轉學生單手插口袋斜倚在左邊的門柱上，我點了點頭，看來，我只要逕直地往前走，假裝左邊沒東西，右邊也沒東西就好。

但萬惡的腳踝卻攪亂了我的計畫。走沒幾步腳忽然一扭，人的爆發力果然無窮，那一瞬間我的腦袋僅充斥著「既不能倒向右邊也不能靠往左邊」，我居然就這麼扯回身體，讓自己往前撲去。

得犧牲我那張雖然不那麼漂亮但也稱得上清秀的臉了。

但我的計算又失誤了。

我沒有料想到男孩的瞬發力和反應力都如此優秀，在沈芳蕾驚呼聲中他早已踏向前並且伸手攔腰攫住我，當然，他猛然地僵直讓我又發現一件完全在預料之外的事。

他的手，不是擺在腰上的那隻，是另一隻，結結實實地覆蓋住我的胸口，動也不是，不動也不是。

我應該先問問他的心得，還是先叫他把手拿開呢？

雖然我很想選擇前者，想知道到底我是真的發育得不錯或者只是自我感覺良好，但我還是有點常識的，畢竟沈芳蕾還站在一旁，而且陳哲凱應該也不會誠實回答。

「把手拿開。」

陳哲凱迅速抽回手，而下一秒鐘我又落入了沈芳蕾的掌握裡頭，人吶，雖然想著完美的同時突破右邊和左邊，卻總是沒有料想到自己會狼狽地同時撞上左邊和右邊。

他的臉還是掛著冷酷的神情，但慌亂卻隱約地貼附在他的身側，更別說在沈芳蕾狠狠一個瞪視之後，他連該不該靠近我都拿捏不準。

沒辦法，我必須明快地給出答案。

「妳先去學校吧，我跟他同班，他扶我去就好。」

沈芳蕾不可置信地望了我好長一陣子，她的眼底寫滿了「妳怎麼可以這樣對我」、「到底發生了什麼事」、「這男的剛剛可是摸了妳的小胸部喔」……好吧，有一半的台詞是我自己加的，但沈芳蕾確實很不滿。

「我不想被逼著送一堆情書給妳。」

沈芳蕾癟著嘴，忿忿地把我的書包扔給陳哲凱，甩了她那烏黑滑順的秀髮，頭一扭就揚長而去，我吐了口氣，早知道她這麼好對付，就不必玩如此迂迴的遊戲了。

「什麼意思？」

「你現在是可以發問的立場嗎？」

「那、那是意外。」

「意外就不關你的事了嗎？」

他沉默了。

但我不希望他認真思索起關於任何「負責任」的具體事項。

「揹妳嗎？」

「然後我的胸部就會合理地靠在你的背上了嗎？」

「我沒有那個意思。」

「但在我的提醒之下開始考慮了嗎？」

「秦悠悠——」

「同學，我只是腳扭傷，不是腳斷掉，我們也不是在演浪漫偶像劇，就算是，我也希望跟我演對手戲的不是你，總之，你伸出手借我扶就好。」我揚起討人厭的笑，「當然，希望我不要有能還你的機會才好。」

他瞄了我一眼，竟意味不明地笑了。

「今天走討人厭的路線嗎？」

「不是。」我哼了聲，「對討人厭的人當然會表現出討人厭的樣子。」

「比起妳平常的那種笑，我覺得這樣比較好。」

「我勸過你不要了。」

「什麼？」

「不要對我抱持著不切實際的幻想，我對你一點興趣也沒有。」

「我不喜歡妳這種型的女生。」他想了一會兒，「比起來，應該比較接近沈芳蕾那種。」

「那你加油。」

「這種速度會遲到。」

「我又走不快，不然——」

話還沒說完，陳哲凱就彎腰將我抱起，我瞪大雙眼迎上一點也不適合他的輕快淺笑，我伸手扯住他的臉頰，「放我下來。」

「妳不是最喜歡興風作浪了嗎？」

「但我一點也不想跟你。」

「我也不想。」

我半放棄地瞄了眼身旁窺探猜測的人們，報應，不知為何這兩個字率先衝了出來，但我念一轉，旋即勾起笑，愉快地晃著腳。

「從冷酷路線轉往暖男路線是很辛苦的。」

「什麼？」

「你覺得當大家瞭解『啊原來轉學生是很溫柔好相處的呢』，以前壓抑住的那些好奇心，會不會一鼓作氣地撲上來呢？」

「秦悠悠！」

「頭可是你起的喔。」

我露出貓膩的笑，小莓最討厭的那種，但看來，討厭這種微笑的人很快就會又多了一個了。

□

秦悠悠這該死的傢伙。

連緋聞的頭都還沒被拋出來，她就展現舞台劇般的誇張演技，抱著小莓狀似在和她傾訴，音量卻大得全班都能清楚聽見。

「昨天我追著兔子啊，是一隻超大隻的兔子喔，跑啊跑的居然就跌倒了，很可憐吧，然後轉學生就出現了，本來我想說他應該不會理我，畢竟他長得那一副壞人臉嘛，但他居然很親切地送我去保健室，這妳已經知道了吧，接著還送我回家，說怕我的腳狀況加重，我以為這樣就已經仁至義盡了，沒想到、沒想到今天出門時轉學生居然在門口等我，還送我來學校呢！

「什麼？才不可能呢，轉學生不是喜歡我，我問過他了啦，這種事人家也是會期待一下的嘛，呵呵，他說是護士阿姨拜託他的，護士阿姨很疼我啊，不過他真的來接我上學耶，怎麼想都跟他的形象不合啊。

「而且我問過轉學生了喔，問他為什麼都不太跟同學說話，結果才發現他只是比較怕生又慢熟，所以大家多跟他說話吧！」

秦悠悠每節下課都會積極地加上新內容，而來向他搭話的人也越來越多，拋出的疑問也一個接一個，但最後，終究會繞上那個最初的點：「你為什麼會突然轉學？」

當然導師也向大家說過，由於父親工作的緣故不得不搬家，而他也這麼複述，但每當這個問號被甩帶到他的身上，他就會想起P，想起那一張張忌憚的臉龐。

他站起身，走到了秦悠悠面前。

夠了。

不要再玩了。

明明想的是這些，但走上幾步路他的情緒彷彿也跟著被留在身後了，秦悠悠偏著頭以無辜的表情望著他，不知為何他竟蹲下身，甚至露出了微笑。

「去換藥吧。」

「轉學生人真好。」

「妳昨天不是這樣叫我的。」

秦悠悠沒有說話，任由他將她抱起，在他和她的目光中陳哲凱忽然覺得很神奇，一個男孩這樣抱著一個女孩，卻沒有揚起任何關於曖昧的言語，她到底是什麼樣的一個女孩呢？陳哲凱突然產生了如此的疑問。

「我以前，也跟同學相處得很好，所以這不會讓我很困擾。」

「你現在這是鼓勵我想新的版本嗎？」

「這樣就夠了。」

「欸。」

「怎麼？」

「我們去抓一隻兔子放到操場吧。」

「等妳腳好了再說吧。」

「我的傷都好得很慢耶。」

她嘟起嘴，似乎在盤算著這段期間她能做些什麼，陳哲凱的感情忽然產生了細微的搖晃，為什麼她沒問呢？

不、為什麼她不問呢？

「妳不問我為什麼突然轉學過來嗎？」

「你爸爸工作的關係啊，知道的事沒有必要再花力氣問。」

「但其他人還是問。」

「既然答案只有一個，那麼就只回答那個答案就好，不然，你還有其他版本的答案嗎？」

「嗯。」

秦悠悠似乎抬起了頭，但他的視線卻落在遙遠的某處，他沒想過要瞞住所有人，但如果沒人掀起那道傷口是最好的，至少，在他的揣想裡，並不存在著由自己主動提起的選項。

然而他提了。

對象還是酷愛興風作浪的秦悠悠。

陳哲凱不明白自己，也不明白這一切，但他卻有股強烈的直覺，堅定地認為秦悠悠不會踩上他的傷痕，也不會抓了把鹽奮力往下撒。

「陳哲凱。」

「嗯？」

「大多數的人想像都很匱乏，所以一個答案通常就只會衍生一種想像，如果是你不期望的那種想像，那麼，就不要給出那個答案。」

她說。

聲音悶悶的。

「那些人要的，不是真相，也不是解釋，而是一種清楚明瞭的烙印。」

烙印。

他不是很明白秦悠悠的意思，但保健室到了，保健室阿姨的曖昧從恍惚之中竄了進來，他擺出一貫的面無表情，但護士阿姨不在乎，秦悠悠也不在乎。

「喜歡秦悠悠的人很多喔，你要加把勁。」

「很多嗎？」

「就妳自己不知道。」

「我不知道才是最重要的啊。」

陳哲凱沒有加入話題，事實上他也不認為自己適合搭話，他只是聽著，聽著秦悠悠那些玩笑般的話語，彷彿她總是沒個正經，於是身旁的人便不那麼相信她的話，特別是在她喊痛的時候，他聽見小莓對她說，不要老是那麼誇張，而她只是皺起臉拚命地喊痛，越是拚命越沒人相信。

於是她就可以喊痛了。

「好了，我要去開會，妳不准賴在這裡不走喔。」

「知道了啦。」

護士阿姨又叮嚀了他幾句，抱著文件匆匆離去，他走到秦悠悠面前，不知為何竟伸手碰了碰她的頭。

「做什麼？」

「痛嗎？」

「沒看到我的眼淚都快掉出來了嗎？我痛到快要昏倒了，但護士阿姨居然不准我在這裡休息——」

「我不會告訴護士阿姨。」

她望向他。

聽見陳哲凱略顯地低啞的嗓音緩慢落下。

「我知道妳很痛。」

□

沒關係的。

不用這樣勉強自己也沒有關係的，因為我、不會傷害妳。

□

我的眼淚幾乎就要落下。

陳哲凱的手還輕輕拍著我的頭，這不適合他，我想這麼對他說卻發不出聲音，保健室空空蕩蕩的，瀰漫著濃重難聞的藥味，遙遠的某處傳來嘈雜的交談聲，喧囂卻膨脹了兩個人此刻的沉默。

我知道妳很痛。

有那麼一瞬間我拿捏不準他的話意，但我忽然想，無論他所指涉的是些什麼其實也不大重要。

我斂下眼，望著自己的掌心。

接著，我的掌心探向前方，輕輕扯住了他的襯衫。

我的力道不怎麼大，但他順著我的扯動往前踩了一步，我將頭靠上他的胸口，他的手從我的頭滑下後背，溫熱的觸感蠻橫地傳遞而來，我的心底有某個什麼往深處墜落。

匡噹一聲。

我的眼淚到底沒有滑落，想哭的感情濃稠地鬱積在胸口，這不是哪個人隨口說些溫柔的話就能夠化解的，我很清楚這點，即便如此我依然想在某處喘息，安靜的，停留在哪個位置。

某個不會受傷的位置。

但終究我還是將陳哲凱推開了。

揚起唇角卻沒有抬頭望向他，緊盯著他胸前的白色釦子，額頭殘留著屬於他的餘溫，這樣下去不行的吧，演變成一種互相安慰彼此的關係不是我的期望。

「我沒事了。」

「秦悠悠。」

「想告訴我『不必勉強自己也沒關係』嗎？」我輕輕笑了，但語氣中不帶有任何嘲諷，這次我的視線終於和他對上，「這種台詞不適合你，也不適合我。」

他似乎想說些什麼，卻又將聲音吞嚥而下，那吞嚥的聲響靜得太過喧囂。在我和他之間重重落下。

「鐘響了。」

「我自己走吧。」

「嗯。」

斂下眼他將手伸到我的面前，我想了一下搭了上去，熱燙的溫度毫無阻隔地竄了過來，陳哲凱用力地撐住我，緩慢地、一步步走著。

他跟我的想像離得越來越遠。

我想他不會記得，又甚至根本沒有察覺站在門邊的我，但我卻牢牢記住了他那雙冷漠而抗拒的黑眸，那才是我選擇將情書擺在他桌上的理由。

陳哲凱轉學來的那天，打著刺探軍情的幌子我晃進了導師辦公室，遠遠就看見男孩繃緊臉僵硬地站著，我聽不清他們交談的內容，大多是班導和訓導主任在說話，一個轉學生會勞動到訓導主任絕不是件好事，光憑這點就足以掀起眾人的討論，但我沒告訴任何人，就連小莓也沒說。

「如果妳問的話，我會告訴妳。」

在踏進教室之前他的聲音忽然落了下來，我扯了笑但想起他看不見，於是點了點頭，同時扶著一旁的牆讓自己脫離他的溫度。

「但我沒有想問的意思。」

這種回應非常傷人。

然而我不希望陳哲凱的心底不小心扔進了什麼樣的期待，我給不起，就連小莓的期待我也給不起，沈芳蕾也是，就算換上了他也還是一樣。

我將自己沉沉地塞進椅子裡。

咬著唇，視線拉到黑板卻模模糊糊的什麼也分辨不出來，直到垂下眼我才發覺自己竟然流下了眼淚。這也太荒謬了。我不著痕跡地抹去水痕，深深吸一口氣告訴自己振作。

不要。

我又告訴自己一次。

不要有任何期待。無論是對誰。都不要。

02 即使背對，也能知道你在

人生果然不是我能掌控的，倒不如說現實生活無處不與個人想望背道而馳。鎖上門後我轉了轉右腳腳踝，自從扭傷之後我每天出門前都會確認自己的狀態，即便已經完全復原，這個動作卻不自覺地成為一種習慣；我猜想大多數的習慣都是帶著某種漫不經心，而等到察覺時卻已經難以改變了。

例如陳哲凱。

我已經快要不明白究竟一大早就看見他是件自然又或者不自然的事了。

認真回想起來，起初他是由於我的腳傷而出現，從抱著我上學到扶著我上學，直到我行動自如後又默默陪我走了幾天，等到我感覺不對勁時，也曾經很肯定的表達自己的立場。

「我的腳好了。」

「嗯。」

這樣的對話重複了幾次。

「我說、我的腳已經好了，你可以不用來了。」

「嗯。」

如此的命令也扔出了幾次。

「欸，陳哲凱，你到底為什麼每天都要出現在這裡？」

「順路。」

這個句點之後我像被塞住嘴一樣難以反駁，更別說某次我真的跟著他回家確認了「陳哲凱走這條路的確可以回家」後，他簡直披上了無敵的戰袍，只要拋出「剛好」兩個字，就算再怎麼牽強也就只能那樣了。

好鬱悶。

我洩憤般的踢著柏油路上的石頭，但如果仔細思索的話，大概我就能輕易察覺其他人不知從何時開始已經將我和陳哲凱圈劃在同一區，跟小莓一樣，進行分組的話，女生和女生一組幾乎不用考慮，沒有人會問小莓「要不要和我一組」，也沒有人會問我「要不要和我一組」，總之大家心底便擺著「秦悠悠和小莓就是會同組」的認知。

團體生活就是存在著不必言明的區分，而陳哲凱莫名地被擺到了我身旁，每當必須男女同組時，我隔壁的空位似乎就成了他的保留位，儘管這也意味著小莓能和班長同一組，但我總感覺某種微妙的異樣感。

其實跟誰綑綁在一起我從來就不那麼在乎，群體中就需要一個「誰都可以喔」的人，來消化那些所有人都想要的，或者所有人都不想要的對象；只是陳哲凱既不是前者，也非後者，啊、對了，朋友，分類上是這樣的，因為你們是朋友所以理所當然被包裹在同一區啊。

但我什麼時候跟陳哲凱成了朋友？

「我跟陳哲凱看起來感情很好嗎？」

「為什麼突然問這個？」

「沒有突然。」我瞇起眼皺起鼻子，小莓很認真地喝著水，她總是很仔細地確認自己一天的水分攝取，「只是找不到提問的適當時機點。」

「很好啊，不過硬要說的話，看起來應該是陳哲凱在所有人裡面跟妳最好。」

「對吧，根本就不是我的問題。」

「這樣不好嗎？」

「我只是要確認『我並沒有對他特別好』這件事，很好，果然是我的小莓，我好愛妳喔。」

「但分明妳也放任他啊……」

小莓剛剛口中在碎唸些什麼？

分明有。她那副心無旁鶩地喝水姿態實在莫名其妙，而且太多了，已經超出她一節下課會攝取的量了，我阻止她的牛飲，瞇起眼將頭湊近她。

「妳剛剛說了什麼？」

「沒有啊，我明明就在喝水。」

「但我好像聽到什麼刺耳的東西，嗯哼，我心愛的小莓在盤算什麼嗎？我以為少女的心思滿滿的都會在暗戀對象身上吶。」我刻意將視線投向斜後方翻著書的班長，「果然我還是不懂。」

「就跟妳說不是。」

我露出邪佞的假笑，正要說話時卻被走廊外的喧譁打斷，我才剛轉身，就有女孩興奮地跑向我，以喧騰的方式拚命地拋出聲音。

兔子。

她講了好幾次。

「妳之前說的兔子又出現了，好幾個男生都去操場抓牠了。」

「什麼？」

女孩扯著我的手腕往外走，走廊圍牆擠滿了觀眾，不遠處的操場上好幾個男孩被狡黠的兔子耍得團團轉；我往後退了一步，安靜地離開人潮，回過身後教室裡也只剩下陳哲凱了。

彷彿他對這一切毫無關心。

我走到他的面前，但他沒有動作，像是毫無察覺我的到來，停了會兒，我才抽走他手裡的英文雜誌，迫使他抬頭。

「怎麼了？」

「兔子。」

「喔，我知道。」

「是你嗎？」

他聳了聳肩，露出不置可否的微笑，伸長了手拿回我手裡的雜誌，繼續往下翻。

「妳很少主動跟我說話。」

「什麼？」

「一進教室妳通常就會避開我。」

「我為什麼要避開你？」

「我怎麼會知道？」

「算了。」

我也沒有想過要從他口裡得到如何的答案，只是有那麼一瞬間，他的臉孔滑過了我的意識；凝望著遠方的白色兔子，儘管看不清楚但女孩的聽說裡那是一隻混著灰毛的兔子，而這點細節，是我和他共享的謊言中最不重要的部分。

「妳說等妳傷好了，就要抓一隻兔子放進操場。」

我顫了一下。

克制著旋身的念頭，我斂下眼盯望著白色布鞋，突然感覺他的起身走近，陳哲凱繞到了我的面前，一片喧鬧之中我卻彷彿能聽見他移動裡的細微摩擦。

我終於抬起頭，帶著冷硬的目光望向他。

勾起笑。一貫的笑。

「只是開玩笑的，這樣當真不太好吧。」

陳哲凱安靜地注視著我，而我也只能努力地撐著嘴角的弧度，太多了，他看見太多了，多到也許開始讓他以為他能夠靠近了。

沈芳蕾也這麼試過。

「一旦妳靠得太近，我就會想辦法把妳甩開，這樣也無所謂嗎？」

於是她止步了。

讓自己安分地待在界線外守著，不多問，也不多說，儘管偶爾會湧生某種哀傷的寂寞，但至少在不那麼遠的地方，還有人在。

我聽見自己的聲音甩帶出殘酷的字句：

「這樣，我很困擾呢。」

但陳哲凱沒有沉下臉也沒有動怒，而是用一種無所謂的態度又聳了聳肩，他伸手拍了拍我的頭，又撥亂了我的瀏海。

「就是因為沒辦法分清楚妳說的話哪些是真的，哪些是假的，所以我會通通都當作是真的。」

為什麼呢？

全部當成假的不就能輕鬆地一笑置之嗎？

他說：

「被騙就算了，但如果錯過妳少見的真話，就不好了呢。」

「這種話不適合你說。」

「我知道。」

他點了點頭，再度走回座位若無其事地翻開雜誌，放任我像進退兩難的棋子被留在原地，下一步的移動也許是奇襲，但又也許是愚蠢的失誤。

□

秦悠悠的迴避進行得相當細膩而隱匿，沒有無視也沒有推拒，倒不如說在其他人眼裡她和他稱得上關係良好；然而他就是隱約感到某種異樣，經過那段日子，陳哲凱對於他人的迴避產生了極為敏銳的感知。

他不會緊迫盯人，也不會試圖改變些什麼，這些他曾經都嘗試過，卻也只是讓原本以曖昧姿態保持距離的人們更加露骨地推阻；退開有退開的理由，直率的他花了很長一段時日才領悟這一點，即便讓他翻找出那些被藏匿的理由，也不過是給了對方更加明白而具體的依據。

陳哲凱以為自己已經能夠坦率地面對這點，但秦悠悠的笑容裡隔出的距離感不知為何讓他非常不舒服。

不舒服到他做出了自己也意外的舉動。

灰胖兔子是一回事，至少還能告訴自己「這也滿有趣的」，但讓沈芳蕾單獨上頂樓見他又是另一回事了。

「找我做什麼？」

「妳跟秦悠悠感情很好嗎？」

「不好。」

「那妳為什麼每天都在路口等她回家？」

「不關你的事。」

沈芳蕾一臉防備，像是眼前的男孩對秦悠悠懷抱著不良的心思，她抿著嘴，似乎打定主意採取不合作運動；而陳哲凱耙了耙頭髮，他從以前就對感情迂迴的女孩們沒輒，所以他決定攤開來談。

「我沒有要對秦悠悠做什麼。」陳哲凱乾脆地迎上她帶著質疑的漂亮眼眸，

「我只是覺得那傢伙最近好像在躲我，不是很明顯的那種，但問了她也只會笑著說沒有，所以才來問妳。」

「你……喜歡秦悠悠嗎？」

「妳們女生為什麼每件事都要扯上喜不喜歡啊？」

沈芳蕾又瞄了他一眼，似乎正在判斷眼前的男孩話語的真實度，千迴萬轉之後她終於決定姑且相信陳哲凱了。

「秦悠悠不喜歡別人太黏她。」

「黏她？」陳哲凱拉高了音量，「沒有這回事，絕對沒有這回事，我只是覺得那傢伙一進教室就不會找我講話很奇怪而已，她──」

沈芳蕾噗哧地笑了出來。

而她銅鈴般的笑精準地刺激著少年的小心臟。

「笑什麼啦？」

「你的臉好紅。」

「算了，我要回去了。」

「欸。」

「又怎樣啦？」

「是你叫我來的吧。」

沈芳蕾唇邊還啣著笑，真是刺眼，果然是物以類聚，就算秦悠悠老是冰山冰山的喊，但在他看來眼前的校花也染著跟秦悠悠相仿的氣味。

他側過身，定定地望著沈芳蕾。

「死纏著她就好了。」

「什麼？」

「秦悠悠就是那樣的人，一旦覺得你靠太近了，就會想辦法推開你，但如果她不管怎麼推你都還是在那裡的話，她就會讓你待在那個距離了。」

「為什麼？」

「理由的話，除了秦悠悠以外，誰都不應該說。」沈芳蕾撇開頭，突來的風將她的長髮吹得凌亂，「我太膽小了。所以不敢靠得太近，怕撐不住她的抗拒，結果就不上不下了。」

他應該沒辦法聽見的，但陳哲凱卻清楚感受到女孩幽幽的嘆息。

用著哀傷的嗓音低喃著：

「悠悠總是拚命保護著我，但我卻什麼也沒辦法替她做……」

沈芳蕾頭也不回地轉身下樓，留下難以吞嚥的餘韻，他張望著空蕩蕩的前方，思索著她的話意，思索著這些日子以來他所看見的秦悠悠。

始終掛著戲謔笑容的秦悠悠。

但下一秒鐘她的身影卻緩慢地踏上頂樓，像是在尋找些什麼，偏著頭，他發現感到納悶時或者預備著興風作浪時她總會這樣偏著頭，她的視線轉了一圈，終於在陳哲凱的身上停住了。

她蹙起眉。

似乎察覺了她正醞釀著旋身，陳哲凱率先以言語扯住了她：「妳在找什麼嗎？」

「頂樓風比較涼。」

「是嗎？」

「我覺得冷了，再見。」

「秦悠悠。」

「做什麼？」

「兔子抓到了嗎？」

「不知道。」

「妳心情不好嗎？」

「轉學生真奇怪呢，我心情明明就很好。」秦悠悠咧開虛偽的燦笑，而他正好在她面前站定，「我走了。」

他拉住了她。

「妳又開始喊我轉學生了。」

「不行嗎？」

「悠悠。」

「什麼？」

「如果妳喊我轉學生的話，我就這樣叫妳。」

「這是新型態的威脅法嗎？」

「原來叫妳悠悠是一種威脅嗎？」陳哲凱露出奇怪的笑容，掌心的溫度透進她的手臂，「我聽大家都這樣喊妳。」

秦悠悠甩開他的手。

什麼話也沒說便扭頭離去，連表情也沒給，他想，或許這樣也是好的，至少他不必看見那張虛偽的笑臉。

「這有什麼好生氣的嗎？」

儘管到最後，陳哲凱還是不明白少女突現的不快究竟是些什麼。

□

為什麼待在頂樓的人會是陳哲凱？

咬著唇我重重地踩著地，左思右想就是得不到答案，差一點我就要衝進沈芳蕾教室問個清楚，但又不對，我分明是得到了「有人把沈芳蕾叫去頂樓」的情報，而照慣例上去「巧遇」然後「不小心破壞浪漫的告白畫面」，可是頂樓沒有沈芳蕾，但又有陳哲凱，為什麼，這到底是為什麼？

「算了，不要想了，反正不管是什麼都不重要。」

話雖這麼說，但這個問號卻沒有放過我的打算，卡在最明顯的位置拔也拔不掉，而能解答的沈芳蕾正站在不遠處的路口，拖曳著長長的影子；忽然我放慢了腳步，這麼美麗的女孩子，誰傾心於她都不讓人意外吧。

她抬起眼，連細微的移動都惹人遐想。

「妳今天⋯⋯被叫去頂樓了嗎？」

「嗯。」

她的點頭之中透著些微猶豫，非常細微，但正是這種細微讓人無法繼續追問。

其實我也忘了自己從什麼時候開始變得過度保護沈芳蕾了，是在她蹲在廁所哭的時候嗎？還是在她咬著牙任憑那些女生潑水扯頭髮的時候呢？我不知道，回過神來就這樣了，我總以為她需要我的保護，但說不定，沈芳蕾自己就應付得來這一切。

她已經很堅強了。

能夠冷冷瞪著那些挑釁的女孩，無懼到讓對方知難而退了。

那麼，我又在自以為些什麼呢？

「悠悠——」

「走吧。」

怕傷害我的時候她總是會像這樣放軟語調，不是秦悠悠，而是悠悠，對兩個人而言即便外人難以分辨，但差異本身便是一種絕對；然而我會被什麼傷害到呢？我不知道。我也不想知道。

她安靜地跟在我的身旁，連腳步聲也特意放輕，她總是這樣小心翼翼地，比起自己，她更害怕我受到傷害。

就只是因為那一瞬間沒有牽住我的手。

但這怎麼會是她的錯呢？

她只是和所有人一樣，和所有人一樣，是我對她的期待把她塑造成和其他人不同的模樣，不是她的錯，是我，假使我打從一開始就不抱有期待，就不會這樣了。

「我不想寫作文。」

「給我吧。」

「字寫亂一點，不然一眼就被看穿了。」

「悠悠。」

「嗯？」

「要到我家吃飯嗎？我媽每天都在唸。」

「改天吧。」我掏出書包內袋的鑰匙甩啊甩的，金屬的碰撞聲清脆得彷彿幻想，「上次妳媽煮的綠豆薏仁湯滿好喝的，我星期六中午去吧。」

「嗯。」

「妳快點回去吧。」

沈芳蕾輕輕點了頭，轉身時裙襬劃出一道漂亮的弧度，我有一瞬間的恍神，揉亂了頭髮粗魯地將鑰匙插進鎖孔，巨大的響音突顯了門後的空蕩。

是吶，像這樣對於門後不抱有期待，就不會有任何落空了。

「悠悠。」

我身子一僵，用盡所有氣力讓自己不要顫抖，但我敏銳的聽見自後方趨近的腳步聲，我的手將門把握得死緊，卻抵擋不了這整個世界。

「妳記得今天是我的生日嗎？」

「不記得。」

「是嘛。」他不在意地笑了，「我上星期領了打工的錢，陪我吃晚餐吧。」

他走上前，花了一點力氣將我的手從門把移開，流暢地鎖起門，接著泰然自若地牽起我的手，微微地施力，明明我可以抵抗的，但雙腿卻像不受控制地開始移動。

「聽說是很有名的餐廳呢，我一個月前就訂好了。」

他的手依然透著一股灼燙感。

「我們悠悠好像長高了一點，看來有好好吃飯呢。」

他依舊是這樣自說自話。

「交男朋友了嗎？不過我不應該問吧，妳不會告訴我的，那、跟芳蕾沒有吵架吧？」

他也從來不在乎我是不是會回話。

彷彿我就只是個鬧彆扭的小孩，他哄著，極富耐心地哄著，我以為他很快會放棄，我以為他總會放棄，我以為他應該要放棄的，但他卻還是那樣笑，還是緊緊牽住我的手。

「老是板著臉不好喔。」他彎下身揉揉我的頭，「今天我生日，對我好一點吧。」

「我肚子餓。」

「要吃什麼盡量點吧，我把整個月薪水都帶來了。」

他總是笑得那麼溫柔。

我垂下眼，別開他漾開的笑意，卻沒有料想到，透過潔淨的玻璃窗，我對上的卻是另一雙沉靜的黑眸。

接著是他別開眼轉身離去的背影。

那一瞬間彷彿有某個東西猛烈地朝我心底墜下，卻由於失速而讓人來不及分辨那確切的面貌，我恍惚地盯望著玻璃窗外，來來去去的人們掩去了他曾來過的痕跡，卻沒有抹去我眼底的殘影。

□

他在鬱悶煩躁些什麼？

陳哲凱用力地把書包砸往床鋪，胡亂地耙了耙頭髮，甚至連客廳傳來的新聞播報聲都能輕易挑動他的神經。

是秦悠悠沒錯。

餐廳裡的短髮女孩連掩飾都沒有，大剌剌地穿著制服就坐在裡頭，她的對面坐著更加惹人注目的男孩，著名的升學高中制服簡直像種炫耀。

「關我什麼事？」

陳哲凱來回踱著步，像是和木質地板有仇一樣重重地踩著，但突然，幾乎讓人措手不及的那種突然，他煞住了腳步，彷彿下一瞬間他就要釐清自己的核心；然而他心神一個晃動，思考軸線便一口氣往另一個方向偏移。

「我為什麼要這麼煩躁？」

這是個正確的問題。

但無論問題的本身有多麼正確，都不意味著順著這條路徑就能得到什麼像樣的答案，特別是不諳此道的少年。

「秦悠悠板著一張臉。」他像是領悟了什麼一樣，「那傢伙看起來就像被強迫的一樣。」

陳哲凱越想越不對。

他抓起鑰匙塞進口袋便往外跑，釐清問題後秦悠悠那張委屈的臉孔便張狂地佔據他的心思，陳哲凱開始責怪自己，為什麼自己會那樣扭頭就走呢？為什麼對上秦悠悠的眼睛之後連想都不想就撇開呢？

萬一秦悠悠發生什麼事該怎麼辦？

幾乎是以短跑衝刺的速度往餐廳奔去，但抵達時方才那張桌子卻換上了另一組陌生的臉孔，陳哲凱的腦袋開始冒出糟糕的想像，一個接一個，披著耀眼優等生外衣的傢伙越回想越覺得是會犯下壞事的人，他再度拔腿狂奔，沒有確切的目的地，只能一股腦地往秦悠悠家裡衝。

但男孩卻牽著秦悠悠的手。

他究竟在做什麼？

那雙背影明明就透著相親相愛，秦悠悠一點也不像會遭遇危險的模樣，他又何必、又何必壓抑著喘息偷偷地跟在後頭呢？

「我到底——」

原來跟蹤這種事也是本能之一，但陳哲凱沒空感嘆這種事，黑眸膠著在秦悠悠僵硬的表情，優等生彎下身，他差一點就要跳出去撕爛眼前的畫面，但優等生沒有吻上秦悠悠，只是衝著她笑。

接著優等生催促著她進門，在門被帶上之後優等生像是感到滿意一樣踩著沉穩的步伐離去，陳哲凱有一絲鬆懈地踏出了牆角的陰影，卻聽見了門再度被旋開的聲響。

秦悠悠站在門邊像鬼魅一般凝望著優等生遠去的背影。

他想，也許此刻的自己也如同鬼魅一般盯望著秦悠悠，然而遠去的優等生沒有回頭，但秦悠悠卻察覺到他的存在。

冷冷的眼。

讓陳哲凱感到一股刺痛。

「你為什麼在這裡？」

一個接著一個說辭在他腦袋轉過，但每個理由都有漏洞，沒有隱瞞的必要，陳哲凱乾脆地回答：「因為越想越不對，怕妳被人欺負。」

「是嘛。」

她沒有追問。

但陳哲凱卻想弄清楚那個優等生的身分。

「剛剛——」

「不管你想的是什麼，都不會是答案。」

「妳、還好嗎？」

「我看起來很不好嗎？」

「嗯。」

「陳哲凱。」她忽然喊了他的名字，「你這樣會感冒。」

他這才發現自己的襯衫沾滿了汗，晚上的風又莫名的涼，在他感到冷之前，先聽見的是秦悠悠口中滑出的「進來吧」，而等他試圖釐清現狀時，自己已經站在她家的浴室裡了。

不用擔心，我家沒人。

套上秦悠悠替他準備的T恤時他腦中忽然閃過了這句話。

陳哲凱拚命地甩頭，不知為何，他有種「這才是最令人擔心」的感想。

□

坐在沙發上捧著馬克杯喝著熱紅茶的陳哲凱渾身透著侷促不安，我托著下巴心不在焉地盯著他瞧，儘管已經翻找出我最大件的衣服了，但穿在他身上還是有些滑稽。

「幹嘛一直盯著我看？」

「整間屋子只有你在動啊。」

「我差不多該回家了。」

「再待一下。」

「為、為什麼？」

「因為我一個人很無聊。」

「妳爸媽都不在家嗎？」

「嗯。」

「妳沒有兄弟姊妹嗎？」

「嗯。」

陳哲凱放下馬克杯，似乎已經習慣了身上的衣服，顯得鎮定許多，又恢復了他一貫的表情，但不知為何在我看來總感覺他像是忽然想起了自己的形象。

這讓我不自覺笑了出來。

「笑什麼？」

「衣服，穿在你身上好奇怪。」

「還不是妳拿給我的。」

「很擔心嗎？」

「什麼？」

「剛剛啊。」我想了一下，他滿身大汗的模樣異常鮮明，「像是跑完馬拉松比賽一樣。」

「但結果我只是白費力氣而已，跑了半天看見的是你們開心地牽著手回家。」

「不是你想的那樣。」

「不然呢？」

「茶，還要嗎？」

「夠了。」他孩子氣地撥了撥瀏海，「不想說就算了，反正妳沒事就好。」

妳沒事就好。

陳哲凱的聲音悶悶的，卻讓人感覺非常踏實。

「謝謝。」

「嗯……我、我該回家了。」

「教官說兔子可以讓我帶回家養。」

「是嘛……」

「你可以來看牠。」

他點了頭，短暫的沉默瀰漫在我和他之間，但不會令人難受，我跟在他身後往玄關走去，安靜地看他把鞋穿上、把門打開，接著他又回過頭來。

「有事的話可以找我。」

他說。

像是唸出背得不熟的稿，僵硬又斷斷續續。

「我不是想要幫妳什麼忙，只是，我知道很多事情一個人是做不好的，而且，我也不會覺得麻煩，不管妳覺得是不是，反正我把妳當朋友。」

話說完陳哲凱就帶上門，像是一開始就不打算給我任何反應時間，於是我只能瞪著咖啡色的門板，反覆咀嚼著他的話語。

「朋友……」

我用力地吐了口氣，今天實在是太過漫長的一天，走回客廳卻看見桌上擺著的馬克杯，彷彿宣揚著「剛剛這裡有人喔」，沖淡了屋子裡的空蕩感；我躊躇了會兒，決定暫時就讓它這麼擺著，反正也不會有人抱怨。

也許我得等到很久很久以後的某天，才會察覺，這樣一個微小而無關緊要的動作，早已透露了我內心深處的動搖。

03 然後，我們必須學會

校園中瀰漫著一股詭譎，黏附著讓人不快的氣味，竄得又兇又猛。

惡意彷彿潛伏在各個角落伺機而動，每個人都坐立不安，目光來回飄移，而擺放在中心的沉默膨脹了諸多揣想，想像替惡意添加了養分，快速壯大到幾乎就要失速。

他抿著唇，繃緊臉，連一句辯解也沒有。

流言不知道從哪個縫隙透進來的，但總之那已經沒有人會追究，我才一踏進校門就被女孩拉走，過於激烈地，彷彿怕我在哪個眨眼後就會受到傷害。

他們說，轉學生是很可怕的人。

前一天的友善與微笑瞬間煙消雲散，每個人的眼底都帶著迴避、忌憚、猜疑，以及排擠。不要靠近我。我不想跟你有更多的交集。女孩和男孩的感情銳利得足以劃破肌膚，但沒有人試圖壓抑，一旦披上了「集體」的外衣，任何的殘忍都是合理的。

都沒有罪。

而這才是最大的荒謬。

「悠悠妳還是離轉學生遠一點比較好。」

「到底怎麼了？」

「好像有人認識他以前學校的人，然後隨口問了一下，沒想到他根本就不是因為什麼家人工作才轉學，聽說被記了好幾支大過，不但打架鬧事還勒索同學耶。」

「天啊，本來還想說他其實人不錯的說。」

「大概是怕被退學吧，如果再惹事的話說不定就不能畢業了。」

「唉呀反正悠悠妳不要再理他了，就算現在看起來人還不錯，但也不知道會不會突然又做些什麼。」

他對哪個人做了些什麼呢？

但怎麼這個人那個人的舉止都彷彿他們遭受了來自於陳哲凱的損害呢？

我安靜地聽著女孩們的一言一語，如果放任不顧的話，故事情節會越演越誇張吧，托著腮我居然笑了出來。

「悠悠妳還笑。」

「消息來源有證實嗎？」

「但轉學生也沒說不是啊，而且，有人跑去問班導，但班導就一直說不要問不要問的，擺明就是那樣。」

「聽起來滿合理的。」

「所以啦，而且妳跟轉學生特別好，說不定第一個就對妳下手。」

「可是聽起來很有趣吶。」

「等一下小莓一定會拿繩子把妳綁住。」

「那在她找到繩子之前，」我乾脆地站起身，拍了拍女孩粉嫩的臉頰，「我去找轉學生聊聊天吧。」

「悠悠！」

掛著笑我悠哉地踱步到陳哲凱面前，他冷著臉，渾身散發著難以親近的氣息，我居高臨下地敲了敲他的桌板，這一瞬間所有人的注意力都集中在我和他身上。

這就是所謂的演出。

「看起來很可怕的轉學生，我們聊聊吧。」

說完我就逕自旋身，像是有百分之百的肯定，料定他絕對會跟上，然而那不過是我的作態，我連一半的把握都沒有，只是賭，賭他那句「我把妳當朋友」。

而他真的跟著我進行彷彿毫無目的地的繞行，幾乎經過了大半的班級，滿意之後我才踏上頂樓，轉身面對渾身僵硬的陳哲凱。

「有什麼話想說的嗎？」

他撇過頭。

像個彆扭的男孩。

也像我。

在那個人的面前，無論有再多的話語，都發不出聲音，只能虛張聲勢地撇開頭，像是自己能承受所有的一切；但其實，我的力氣從來就不夠大。

「沒關係。」我滿不在乎地聳聳肩，「說不定你喜歡這種角色設定。」

「妳就不怕我嗎？」

「我覺得你比較應該怕我耶。」

「是真的。」

「你是說記過的事、打架的事，還是勒索的事？」

「都是真的。」

「是喔。」我偏著頭望著他咬緊的牙，青筋簡直瀕臨爆裂，我忍不住伸手碰了碰他的臉頰，天啊，青筋的觸感好噁心。「會爆掉吧，好可怕。」

「秦悠悠。」

「幹嘛？」

「不關妳的事。」

「嗯，所以我沒有打算管你啊，我只是想等看看你的青筋到底是不是真的會爆開。」

忽然他跨向前，伸手扯了我的領口，他那冷硬並且憤怒的眼眸狠狠地瞪視著我，我眨了眨眼，安靜地凝望著他，我很明白一個人即將要傷害另一個人之前會有什麼樣的眼神，即便他兇狠地揪住我的領口，我卻能肯定他不會傷害我。

他不過是在虛張聲勢。

沒有人相信我，不管我怎麼解釋都沒有人相信我。沈芳蕾曾經哭著這麼說，眼淚撲簌簌地往下掉，她溫婉的嗓子都啞了，卻還是拚命地說，沒有，她沒有喜歡那個男生，也沒有要那個男生喜歡她。

她的衣服濕答答的，我還記得她穿了一件很可愛的粉紅色內衣，那些女生大肆宣揚著她不要臉想勾引男生，於是我拎起水桶衝進教室乾脆地往那個女生身上潑。

穿黑色內衣是有比較高級嗎？

沒有男生喜歡的妳才應該躲到角落哭吧。

我記得我面無表情地丟出各式各樣殘酷的話語，即便是小團體的頭，但也不過是個涉世未深的小女孩，當初的惡意我還清晰地記得，在那些人之中，沒有人比我更明白什麼叫做惡意。

沒有被傷害過的人不會明白什麼才是真正的傷害。

陳哲凱的眼神，是受過傷的顏色。

「再怎麼說，這樣扯著一個女生的領口不好吧。」

他放棄般地鬆手了。

背過身，似乎不打算看我。

「我會告訴他們，你哭著說自己後悔了，想改過自新重來卻又被大家發現過去的所作所為。」我拍了拍他的背，「放心，我不會說你哭得很醜。」

□

秦悠悠走了。

咬著牙他卻發覺自己握著拳的力道輕了些，他以為自己已經做好了預備，打從一開始他就沒想過能瞞到底；然而熟悉的眼神與猜忌在他肌膚上的刮劃卻依然銳利，他好好忍下了，雖然難受卻還撐得住，只是當秦悠悠被一群女生圍住時，他卻開始感到害怕。

誰都無所謂，但不要連秦悠悠也——

陳哲凱不是很明白為何自己會湧生如此劇烈的抗拒，但每多一秒阻隔，他體內的憤怒就多上一分，她們拚命對秦悠悠說話，說那些關於他的流言，她會相信哪一邊呢？

他不敢肯定。

陳哲凱也怕自己會衝動起身辯解，只是這毫無用處，他比誰都清楚，這些人才不過和他相處了幾個月，而從前逃得遠遠的那些人，有的人甚至和他稱兄道弟了好幾年。

他的手慢慢鬆開。

秦悠悠不在乎的臉讓他鬆了很大一口氣。

像是得到赦免一樣。

無論她相信了什麼，但至少，她不在意，只要不在意就好；陳哲凱低下頭，重重地吐了口氣，也許只要再冷靜個幾分鐘，他就能若無其事地走回教室了。

「是真的嗎？」

預期外的輕柔嗓音打破了他的沉澱，隔著很長一段距離沈芳蕾就站在那，她的問號裡沒有多餘的好奇，只是單純的確認。

「對妳來說重要嗎？」

「嗯。」她有沒有點頭陳哲凱不是很能肯定，「因為秦悠悠擔心你。」

擔心。

秦悠悠的臉上一點也沒有這種跡象。

「我也被排擠過，很小的時候，她直接衝進別人的教室教訓帶頭的女生，可是在那之前秦悠悠連安慰我都沒有。」

「妳到底想說什麼？」

「秦悠悠做任何事之前都會先讓自己不要抱有期待，所以他不會安慰你，也不會說要幫你，但她就是會去做。」

沈芳蕾將音量拉大了些，「既然是你自己的事，就不要讓秦悠悠擋在你面前。」

語尾還沒完全消散，她便已經斷然轉身，陳哲凱鬆開的手又再度握得死緊，他甚至沒有細想的機會，邁開腳步就往下跑，還差點撞上緩步下樓的沈芳蕾。

他只想著要快點回到教室。

說明。解釋。又或者被當作辯解。什麼都好。至少他應該嘗試做些什麼，而不是悶不吭聲任憑眾人猜疑再消極地埋怨「所有人都不理解自己」。

但他踏進教室的瞬間，迎面襲來的卻又是一股截然不同的氣氛。

秦悠悠。

他第一時間就望向她，而她擠出誇張的同情甚至還擦了擦眼角那根本不存在的淚滴，這傢伙又編了什麼故事？

比起不久前的忌憚，這種集體同情反而更可怕。

沒辦法，只能問了。

「秦悠悠說了些什麼？」

他踢了踢前排的同學，壓低聲音，但整間教室靜得連一根針掉落都清晰可聞，前排同學蹙起眉還癟起嘴，彷彿正在從自己有限的詞彙中搜尋最委婉的說明法。

「悠悠說，你為了女生跟對方打架，本來那女生對你有一點好感，但你很弱的打輸了，很弱是悠悠講的，不是我加的，啊就輸了之後連那個女生都不理你了……對了，勒索的事，再怎麼說想把自己寫過的情書要回來也不是很好的行為啦……」

秦悠悠！

但那該死的傢伙居然還給了他一個安慰的表情。

算了。

這種版本……氣到極點他居然笑了出來，忽然他想起她對他說過的，大多數人追求的並不是真實而是一個答案，而那個答案，左右了集體的想像。

他沒有揣想過自己藏匿在深處的傷口居然如此輕易被帶過了，往後，這件事興許會成為某些人口中的笑話，一笑置之，除此之外就沒有了。

然而他忽然想將整個故事完完整整的告訴秦悠悠。

其他人怎麼發揮想像力都無所謂，但他想讓她知道這一切的真相，只有坦露了真實，人才有靠近的可能。

陳哲凱沒有接著想，靠近，這兩個字最後他想抵達的，究竟是哪裡。

□

「還喜歡這個版本嗎？」

「打架是我贏了。」

「故事要有邏輯啊。」我偏著頭用手指玩著頭髮，「打贏了然後那女生大叫『你怎麼可以欺負我喜歡的人』，嗯，這樣也是可以啦。」

「真正的故事裡沒有女主角。」

「是嗎？」我聳聳肩，「反正我也不是很在乎。」

陳哲凱突然抓住我的手腕，什麼說明也沒給就拖著我往前走，注視著他比一般男孩稍微寬闊些的背，某種難以掌握的流光快速閃過，但我來不及看清。

我有一瞬間相信過流言嗎？

沒有。

或許也不能這麼說，打從一開始我就清楚他的轉學並不是件單純的事，只是任何的過去、或者過錯都沒有在我心底掀起波瀾，在我眼前的陳哲凱不是那樣的人，也許背過身他會做出其他的事，但在我面前他沒有，不、我只打算看見站在我面前的他。

「帶我到這麼偏僻的角落，想做壞事嗎？」

「秦悠悠。」

「怎樣？」

「聽我把話說完。」

「感覺是很嚴肅的話題耶。」我嘟起嘴，往後退了一步卻被牢牢箝制住，「我不想聽。」

陳哲凱一點理會我的意思也沒有。

我的心緒幾乎分裂成兩邊相互拉扯，一邊熱切地等著他坦露，但另一邊卻又警告自己不要涉入太深；我已經不小心走得太近了點，必須稍微往後退，卻被緊緊抓住而動彈不得。

「既然是朋友——」

「就不應該強迫我從事我不願意的事。」

「悠悠……」

「說了不要那樣叫我。」

「我知道妳不在乎。」他放開手，右手垂落的弧度像種隱喻，「但是我在乎。妳說過，大多數人要一個答案是為了去勾勒他們的想像，所以妳替我編了一個故事，乾脆地當作那是真的也無所謂；但是，我就是想……不希望妳對我的一切，有太多不是真實的想像。」

「但是這樣比較輕鬆喔，我不會掌握你的弱點，那就不會——」

「妳打算傷害我嗎？」

他笑了。

像是他比我更加肯定我的答案。

「而且，掌握我的弱點對妳來說不是更好嗎？」

是啊。

如此一來即便他懷抱著惡意也不敢輕舉妄動了。

然而堆疊而起的各種理由其實根本就不是理由，從他說「不希望妳對我的一切，有太多不是真實的想像」那一刻，我的動搖便應聲落地。

「不要期待我會給什麼正向的回應。」

「我知道妳只擅長興風作浪。」

於是陳哲凱開始說起故事。

用著比平時更加低啞緩慢的嗓音，可以感覺到他幾乎是努力地將聲音擠出來，而那過程，清楚地透露著痛楚；他並不是為了讓我同情才展現他的疼痛，而是為了讓我能夠更清楚地看見他的自身。

他說。

非常緩慢。

「班上有一個很安靜的同學，P，瘦瘦小小的，臉色好像沒有一天好過，就好像時時刻刻都縮在角落生活一樣，我試著和他說過幾次話，但完全沒辦法接下去，身邊的朋友要我不要管那麼多，還無所謂的告訴我『P那傢伙好像被學長整得很慘』。

「我也想不要理會，老實說我也跟其他人一樣，反正是傳聞，那就不要替自己找麻煩，可是有一次我親眼撞見了P被欺負的畫面，學長讓我走開當作沒看見，我猶豫了一下居然就這麼往後退了，到現在我還清楚記得P那雙放棄的眼睛，我想，從一開始他就沒有期望過誰會幫他。」

我和他只隔著一個掌心的距離，但他的聲音卻像從很遠很遠的他方飄來，彷彿不得不如此，他所傾訴的每一個字，都是重新刨刮他的血肉，其實我沒有很仔細去聽他所說的內容，卻異常專注地凝望他的側臉。

他很勇敢。

這一瞬間我想到的只有這一件事，能把很痛很痛的事好好地說出來，真的需要非常大的勇氣，而我，從來就沒有那樣的勇氣。

從來就沒有。

「我從那時候開始在意起Ｐ，可能真的太過在意了，某一天我終於忍不住了，都快要踏進校門了卻又轉頭往後門走，大家都有意無意繞開後門的某條巷子，因為學長們總是在那裡教訓人；也不知道該說是運氣好還是不好，跑過去的時候學長們在，Ｐ也在，他們還是叫我走開，但這次我走過去了，還狠狠地跟他們打了一架……

「當初真的抱持著很天真的想法，只要我贏了，Ｐ就不用再受罪了，」他忽然笑了，「現在想想我真的是白癡，學長怎麼可能會輕易放過Ｐ，說不定會把我搗亂的帳也一口氣算到他頭上吧……總之，事情鬧得太大了點，教官來了，老師也來了，接著就是一連串的鳥事。

「結果故事就變成了我長期欺負Ｐ、勒索Ｐ，學長才是來解救Ｐ的人，而且，這些話都是Ｐ親口說的，我想大多數的人都明白真相，但都假裝Ｐ說的話就是真的，不要說同學們，連我的朋友也都避開我，有的甚至留了紙條說對不起，因為我補上了Ｐ的位置。有很長一段日子我幾乎天天在校門口跟學長們打架，甚至讓教官天天到巷子檢查，這種鬧劇直到學長畢業才落幕。

「我以為生活會慢慢恢復，但沒有，以前那些迴避我的人眼神裡換上了忌憚和恐懼，後來我終於發現，是P，也許是太害怕被報復，又也許是怕沒有了學長以後身旁的人就會開始清算他的謊言，所以他編造出更合理的說法，說我、從一開始就跟學長們一夥，是起了內鬨才會鬧翻，無論如何P的表情急切到讓人覺得不應該懷疑他，又可能本來就沒相信過我……」

低啞的嗓音裡還聽得出他壓抑的痛楚，關於一個被背叛的男孩，被放逐的男孩，但他說他並不痛恨P，也不痛恨那些背棄他的人，不，他修正了說法，已經不痛恨了。

「那些人，讓我更理解了這個世界。」

「簡單來說你就是多管閒事啊。」

他瞪了我一眼。

該不會這傢伙暗自期待我會說出什麼溫柔的話來吧？

但他自嘲地笑了，像是真的看開了一樣。

「是沒錯。」

「但那個P也許會在很久很久之後的某一天，突然覺得感激也說不定，畢竟，你是唯一一個願意幫他的人。」

不是期待我給他安慰嗎？

怎麼這一秒鐘居然露出目睹不可思議奇景的表情來？

少年心才是海底針。

「秦悠悠。」

「嗯？」

「如果我告訴妳，其實那些流言都是真的，我是個惹事又勒索同學的壞人呢？」

「我不喜歡會做壞事的人，」他好像很在意我的回答，所以我刻意停頓了很久，最後才接著說：「但假如是在我認識你之前發生的，那就會被歸類在『過去』，而過去，是能夠被諒解的。」

「我本來不想轉學的，因為覺得自己沒有錯。」

「是喔。」

「但是幸好我轉學了。」

陳哲凱露出很溫柔的微笑，安靜地凝望著我，心頭彷彿有些什麼逐漸發燙；我想撇開眼卻沒有辦法，這一瞬間我忽然明白，一個人的涉入與否決定權並不在個人的手中。

從第一個動作開始，就譜寫了接續。

我的期待。

長久以來我所極力避免的期待，在此時此刻他的微笑之中被輕輕揪動，安安靜靜的，在心底漾開一圈圈的漣漪。

「鐘響了。」

「妳不是不喜歡體育課嗎？」

「我不想跟你一起蹺課。」

我起身拍了拍短褲，還坐在地上的陳哲凱卻拉住了我的手，不是手腕，而是掌心，也許那不過是碰巧，但他沒有放手的跡象。

「拉我起來。」

「不要。」

甩開他的手，他卻毫不在意地站起身，揚起讓人不怎麼習慣的笑容，差一點我就要脫口而出，不要這樣對其他人笑，可是這不是屬於我的台詞。

期待。

我想著。

卻沒有細想的勇氣。

□

蹲坐在樹蔭下我一動也不動，連眨眼的次數都少到每次閉起眼睛都感到強烈的乾澀，小莓來來回回走了幾次，也和我搭過幾次話，但最後她似乎放棄了。

視線的前方是一群猴子般的少年，追著橘黃色的球奔過來跑過去，這邊進籃，那邊也跟著進籃，依照場邊足以震壞耳膜的叫喊來推斷，應該是一場精采的比賽。

可我卻一點也無法集中。

不能這樣說。嚴格地說來，我無法集中於球賽，理由是我那雙乾澀的眼像是要把人給看穿一樣鎖定在同一個人身上，他進了七球，不過三分球投得很爛。

我生病了。

得了一種我以為絕對不會在我身上發作的少女病。

「小莓。」

「嗯？」

「我愛妳。」

「突然又在說什麼啦。」她把頭湊到我面前，擋住了，我從來沒有這麼做過，但我居然下意識地抬手把她的頭撥開，引來一陣詫異。「原來妳有在看比賽啊。」

不、我看的並不是比賽。

「小莓。」

「妳今天很奇怪耶。」

「我要去保健室。」說完我刷地起身，視線居然還定在對方身上，「我自己去。」

小莓好像說了些什麼，但話意完全沒有傳進我的腦中，我猛然拉回目光，加大步伐逕直往保健室走去；但我的心思卻還落在原地，他的一舉一動鮮明地在腦海重現，而他那一瞥，在進球之後極其突然地衝著我笑，迫使我不得不離開現場。

我不是遲鈍的人。

對我自己的感情我一向相當敏銳，我明白很早之前便對他產生了某種異樣的感受，只是我刻意不去理會，那簡直是種放任，走到這一步我本來就該有所預料。

我也在意過哪個男孩，但總是在萌生想望之前便斷了自己心思，那麼，這意味著我對他懷抱著特別不同的念頭嗎？

又或者，我想稍微放過自己一點？

「又是體育課？」

「嗯。」我自動自發地爬上床，硬邦邦又充滿藥味，情感上我是討厭保健室的，卻不知為何在這裡總能感到放鬆。「反正比賽又不關我的事。」

護士阿姨走近我，將冰冰涼涼的手覆蓋上我的額頭，儘管清楚我並沒有不適，但她總會進行簡單的確認；偶爾我會想，在她那張拿我沒輒的笑容裡，或許藏匿著大量不被人看穿的細膩與溫柔。

有些溫柔是會燙人的，可能她看過太多受傷的臉孔，於是比誰都更加擅長拿捏給出的溫度；她傳遞而來的冰涼，狀似例行公事，事實上卻是她最隱晦的安慰。

「那個男生這次沒陪妳來嗎？」

「他在比賽。」

「不幫他加油妳真是沒良心。」

「我好像喜歡他。」

「既然如此更應該好好記住他帥氣的模樣吧。」

護士阿姨似乎對我的告白沒有特別意外，我想也是，打從一開始我就給她曖昧過頭的暗示。當初是假的。我根本沒想過成不成真的問題，對我而言那不在選項裡頭，但卻變成真的。連解釋都不需要，還真是省事。

「我怕我自己會太專注地看著他。」

「這有什麼不好？」

「然後就會看見自己不想看見的。」我斂下眼，視線落在灰黑色的地板上，

「人都是這樣，拚命地想看清楚，可是一旦真的看清了以後，卻又寧可打從一開始就模模糊糊的。」

「但如果總是看不清，也會感到遺憾吧。」她輕輕地笑了，「人生本來就處處存在著兩難的抉擇，沒有辦法，就算進退兩難，也還是必須在近或者退之間挑一個。」

「妳不能勵志一點嗎？」

「妳這個沒有禮貌的小鬼。」

「我要睡了。」

護士阿姨貼心地替我熄了頭上那盞冷白的燈，側著身我盯望著被陰影覆蓋的牆壁，我聽見寫字的沙沙聲，她寫字的方式跟沈芳蕾很像，一筆一劃仔仔細細地。

刻意放緩的腳步聲輕巧地傳來，護士阿姨大概是停下了動作，我聽見細微的衣物摩擦聲，又停頓了會兒，這次是離去的步伐。

可能是哪個學生來了又走，偶爾我也如此，一旦發覺裡頭已經有人我便會打消主意；即使都不說話，或許正是因為誰都不說話，反而讓陌生人的存在感膨脹到最大。

「妳還醒著。」

突來的嗓音讓我輕輕震了下。

我想假裝沒聽見，他卻彎下腰探近了些，亮晃晃的笑十分刺眼，我不習慣他這種笑，明明一開始拚命營造冷硬的形象，又總是突如其來地揚起颯爽的弧度。

「我快睡著了。」

「這麼說的人通常都會睡不著。」

我煩躁地坐起身，卻不期然和他靠得太近，溫熱的呼吸撲打上我的臉頰，伸手推開他，卻又在掌心留下他的溫熱。

進退兩難是指涉這種狀況嗎？

「我討厭汗味，離我遠一點。」

陳哲凱低頭望了眼自己的運動服，乾脆地往後退了一步，差一點我就又反悔要他再往前了；我扯了下頭髮，逼迫自己心神鎮定點，但這瞬間我才明白，總是會有那樣的一個人，他的存在，便是我的動搖。

「比賽輸了。」

「那你還一臉開心。」

「是很爽快的一場比賽啊。」

「是喔。」

「嗯。」

他輕應了聲，儘管是我讓他後退，但對於兩個人之間突兀的距離我感到相當煩躁，想了會兒我還是跳下床，極其自然地消弭那段長度。

「鐘響了。」

陳哲凱卻在我走過他身旁時扯住了我的手腕，「我忽然想到。」

「想到什麼？」

「還沒跟妳說謝謝。」

想甩開他的手卻陷入反覆的猶豫之中，於是錯過了適當的時機點，便讓他就這麼握著我的手腕了。

我放任的是他，還是我？

「我沒有替你做過些什麼，有的話，也只是我感覺有趣而已。」

「那也還是謝謝妳。」

他說。

有短暫的停頓，我以為他會接著說些什麼，他卻只是揚起燦爛的笑，會遲到，只說了這句話便拉著我往外跑。

比一般男孩寬闊的背。飄動的運動服。微濕的髮。

以及，他的熱燙。

也許有一天我會後悔自己竟如此仔細地記憶下這些細節，但我移不開眼，彷彿一旦移開視線，那瞬間便會成為我的後悔。

這就是喜歡嗎？

我想著，任由他拉著跑，偶爾回頭給我一個燦笑，彷彿這整個世界就只是如此簡單，只剩下我，也只剩下他的笑。

□

他鼓起勇氣牽起秦悠悠的手了。

陳哲凱盯著自己的掌心發愣，雖然嚴格說起來手腕和手還是有些不同，但至少他稍微往前了一點，儘管秦悠悠沒什麼反應，不過往好處想，沒被揮開或是斥責也算是好的開始。

他默默笑了出來。

「你為什麼一個人站在頂樓傻笑？」

「沒事。」他斂下笑，彷彿沈芳蕾目睹的畫面都不是真的，「妳才是為什麼一直上來頂樓？」

但在沈芳蕾回答之前他就得到了答案，門邊冒出一個戴著眼鏡的男孩，才對上他的眼就流露出莫名的慌張，男孩瞄了沈芳蕾一眼，而她一動也不動地站著，絲毫沒有走向男孩的意思。

無論怎麼想，男孩都應該鼓起勇氣朝她走來才是，但男孩轉身跑了，巨大的腳步聲清楚地傳了過來。

「妳可以乾脆不上來吧。」

「一開始是那樣，但是其他女生開始說我驕傲無情，雖然我以為自己已經習慣了，但好不容易交到的朋友也說不應該那麼狠心，所以就變這樣了。」

「秦悠悠沒罵妳嗎？」

「被罵了啊。」

不知為何一提到秦悠悠，他的心整個就鬆懈了下來，不自覺就扯開了笑，而沈芳蕾似乎也少了戒備，甚至往前走了幾步。

「你該不會喜歡秦悠悠吧？」

他沒料想到沈芳蕾會一口氣就扔來直球，本來覺得自己沒有必要回答，卻轉了心思乾脆地點頭。

「嗯。」

這次卻換成沈芳蕾露出詫異的表情了。

明明是她拋出的問題不是嗎？

「很奇怪嗎？」

「沒有。」她突然笑了，彷彿冰山校花這四個字從來就與她無關，她露出了屬於少女最簡單的好奇笑容，「跟秦悠悠告白了嗎？」

「她不知道啦。」

「嗯……」

「妳也會露出這種表情喔。」

「不行嗎？」

「我只是第一次看見。」陳哲凱聳了肩，也不是很在意，反正他自己也老是擺著一張臉，「秦悠悠她……喜歡什麼樣的男生？」

「不知道。」

「妳們不是朋友嗎？」

「秦悠悠不太信任別人啊，所以沒有喜歡的人也很正常吧。」

「是喔……」

「千萬不要寫情書給她喔。」沈芳蕾唇邊滑出清脆的笑聲，雙頰泛起了紅暈，「她會把信貼在公布欄。」

陳哲凱暗自抽了口氣，這該說是幸好嗎？他本來想寫信是最不尷尬又能完整表達自己意思的方法，但話說回來，他也沒有其他選項，不過沈芳蕾卻又替他提了幾個、不需要考慮的方法。

「也不要買早餐或是送零食，秦悠悠都拿去餵狗。」

「等她放學送她回家也不是很好，秦悠悠討厭被人知道她的住處。」

「嗯、布偶跟花也不要，她之前直接把人家送的東西擺到你們班導桌上，還附上奇怪的小卡——」

「夠了，」陳哲凱覺得頭有點痛，他無力地耙了耙頭髮，「妳要不要說些什麼是可以做的？」

「不知道。」

這傢伙現在的表情是幸災樂禍嗎？

很有趣嗎？

「秦悠悠很多人喜歡嗎？」

「嗯，她長得也很可愛啊，而且天天掛著那麼招搖的笑容，如果不是她那麼調皮，跟她告白的人會更多喔。」沈芳蕾搖了搖修長的食指，「你不要低估秦悠悠的魅力喔。」

他吐了口大大的氣。

但沈芳蕾又趨前了些，「不過，我可以幫你試探一下。」

「真的？」

「但是你要告訴我，你怎麼會喜歡上秦悠悠？」

「妳不是說很多人喜歡她嗎？還有什麼好好奇的。」

「因為不一樣。」

「哪裡不一樣？」

「她對你，好像不太一樣。」

這句話，輕輕撩撥了陳哲凱的心思，這是不是意味他能有多一些的期待？

「不能具體一點嗎？」

「就只是感覺啊，而且她又沒在我面前提起過你。」

他的期盼又少了一點。

陳哲凱感覺自己有些好笑，沈芳蕾也沒有確切的證據，他卻還是被她的話語弄得上上下下，可能他對秦悠悠的在意，早在自己發現之前就深深滲入心底了。

「妳有情報再來找我，不然不公平。」

「真小氣。」

「我跟妳又不熟，誰知道妳是不是真的想幫我。」

「好吧。」沈芳蕾偏著頭，這次他認為她的確是被秦悠悠渲染得非常深，

「不然你今天陪秦悠悠回家吧，說不定看到你們相處之後，我會找到她的破

綻。」

「破綻？妳該不會想對秦悠悠做什麼吧？」

她斂下眼，輕輕晃著頭。

「我只是覺得，如果能找到破綻的話，她說不定會過得輕鬆一點。」

「什麼意思？」

「秦悠悠的事我什麼都不會講，我給你的情報只會在喜不喜歡的範圍裡，就算你套話也沒有用。」

「好吧。」

□

他什麼時候喜歡上秦悠悠的？

陳哲凱在校門口等著她時默默想起了這個問題。

喜歡一個人不需要理由，又可能任何一個部分都是理由，等他察覺時對她的在乎便已經超出了普通的定義。

但他記得，異常鮮明的那一瞬間，並非在頂樓時只有她不在乎流言的聳肩，也不是在她家玄關時的注視，而是更早之前，她拚命描繪著一隻兔子的那張臉。

他想，也許真的有了那麼一隻兔子，她和他之間便能有所不同也說不定。

陳哲凱靠在牆上來回思索著，關於喜歡，關於其他更深刻或者更富哲學性的命題，然而當秦悠悠帶有晃動感的身影躍進他的視野時，他似乎稍微明白一些了，這些命題也許需要解答，只是這些答案在他的喜歡裡頭並不是最重要的。

最重要的是秦悠悠就在那裡頭。

他也許直率過了頭，但兩個人之間已經有一個思緒迂迂迴迴總讓人猜不透的秦悠悠，說不定他過多的思慮最終也只是不小心讓彼此纏上了結。

所以，只要想著怎麼往前走，然後切切實實地走過去就好了吧。

但秦悠悠連瞄他一眼都沒有乾脆地經過他。

陳哲凱輕嘖了聲，卻還是以一種高冷的姿態屁顛屁顛地跟了上去，像是他努力掩飾但一舉一動卻更加拚命地暴露他的感情；也許秦悠悠只要稍一回頭就能清晰地看穿他拙劣的遮掩，只是她沒有，而是拿出全部的意志力讓自己什麼都不要看。

「妳是故意當作沒看見我嗎？」

「啊、我都沒發現你呢。」

「妳的假笑超假。」

「不然怎麼會被稱為假笑？」

「兔子取名字了沒？」

「還沒。」

提到兔子後她的態度稍微可親了點，陳哲凱揉了揉鼻子，不知道從哪一瞬間開始，他開始覺得「這樣的秦悠悠很可愛」、「那樣的秦悠悠也很可愛」，如同這一刻，她虛張聲勢後的鬆懈，也讓他覺得非常可愛。

秦悠悠的短髮使她側臉的輪廓更加立體，而那邊緣，透著些許屬於黃昏的金黃，又讓她的臉龐染上某些模糊。鮮明又曖昧。他想著，彷彿融進他心底的她，有幾個瞬間清晰得連細節都清清楚楚，卻又在自己以為看清的下一瞬間，又沾上薄霧，於是為了撥開那遮擋住的霧氣，他只能戰戰兢兢地往前移動。

因為秦悠悠興許便站在那端。

他輕咳了聲，抑止自己的遐想。

「妳說過我可以去看兔子。」

「先準備貢品再說。」

「我有帶一根紅蘿蔔。」

秦悠悠瞄了他一眼，像是沒有預料到他的回答，有些不服氣地鼓起臉頰，儘管只是短短的幾秒鐘，卻已經足夠掀起陳哲凱內心的風浪；他有些不知所措地別開頭，不明白從胸口突然湧上的困窘究竟是些什麼，但下一秒鐘卻又偷覷了她的側臉。

他的身體逐漸熱了起來。

陳哲凱故作泰然地揪著領口搧了幾下，正以為路上沒人而秦悠悠也沒有轉頭的跡象便稍微放心了些，一抬頭卻迎上等在路口的沈芳蕾。

她隱晦地笑了。

大概是察覺他頰邊不尋常的熱燙。

陳哲凱有種尾巴被逮住的感覺。

當然，他沒有尾巴，他這樣告訴自己，但耳朵被拎住也不會比較舒暢，他又用力搧了幾下領口，但思緒悄悄染上一些旖旎，彷彿揪住他雙耳或者虛構的尾巴的人是秦悠悠，方才細微的排拒頓時消卻了，甚至他隱隱地漾開了笑。

然而沈芳蕾的嗓音一把將他扯回現實。

「我們班上好像有人喜歡妳。」

沒頭沒尾的。

沈芳蕾忽然拋出莫名其妙卻又直搗核心的句子，簡直是充滿惡趣味，更加邪惡的是她狀若無心地望了他一眼，欲言又止地，擺明是演技，秦悠悠不會被騙，但她似乎比他想像的更加縱容沈芳蕾。

「然後呢？」

「沒有然後。我只是想到，我不知道妳喜歡什麼樣的男孩子。」

「像轉學生那樣的。」

「真的？」

沈芳蕾拉高音調的反問一點也不給他面子，但這不重要，重要的是秦悠悠的回答——

「假的。」

「那——」

「喜歡這種事，就算設下一百個前提，一旦對方出現了，只要手一揮那些前提都像沙牆，根本不堪一擊。」

「嗯……」

「即使轉學生不是妳喜歡的類型，但只要他是妳喜歡的人，一切都不重要了。」

「我不喜歡他。」

就算不是但否認那麼快也實在是傷人。

「我也不會喜歡妳。」陳哲凱哼了聲，沈芳蕾居然捨得拉下冰山臉扮了鬼臉，「妳趕快右轉回家去吧。」

「兔子只有你能看嗎？」

這期間秦悠悠絲毫沒有參與的意思，流暢地旋開門，差一點就更流暢地把他們兩個人關在門外，幸好陳哲凱迅速地抵住門，她才當作「唉呀我以為你們沒有要進來」一樣以虛偽的表情拉開門。

陳哲凱從書包掏出紅蘿蔔。

「我有帶食物，這傢伙沒帶吧。」他得意地扯開笑，「妳回家吧妳。」

「幼稚。」

趁著秦悠悠入內去抱兔子，陳哲凱壓低了音量，「不要來搗亂，沒聽說過『兩個人獨處可以培養感情』嗎？」

「我只聽過『孤男寡女超級危險』，本來以為你很成熟，沒想到根本就是幼稚鬼，我怎麼可能讓秦悠悠和你獨處？」

「妳這個假冰山。」

「假高冷的人憑什麼說這種話？」

這傢伙真讓人火大。

雖然身上滿滿的「秦悠悠感」，但無論秦悠悠做些什麼他都覺得可愛，而眼前的沈芳蕾就只讓他感到胸悶鬱結。

「你們還要站在門口聊多久？」

「我跟這傢伙才沒什麼話好說。」

「哼。」

她安靜地坐在沙發上溫柔地順著兔子的毛，陳哲凱忽然有種嫉妒，但嫉妒一隻兔子也太過荒謬，於是他讓自己扯開笑，像是要洗滌自己對於兔子的不良意念般遞上香甜的紅蘿蔔。

但兔子居然連甩都不甩他。

沈芳蕾噗哧地笑了出來。

陳哲凱覺得自己的自尊在兩名少女與高傲兔子眼底根本不值錢，就算賤價拋售也沒人打算喊價，但她伸出手接過紅蘿蔔，連哄都不需要，高傲兔子立刻諂媚地湊上前。

「不是要取名字嗎？」

「阿夏。」

「冬冬。」

陳哲凱和沈芳蕾幾乎是同一時間喊了出來，像是兩個人預備了許久，秦悠悠偏著頭來回看了幾眼後便斂下眼，像在思考卻也像在發呆。

「阿夏聽起來跟兔子一點也不搭。」

「取名叫冬冬這種裝可愛的名字兔子才會被朋友笑。」

「明明就很可愛。」

「公兔子不需要可愛。」

「這才不是你能決定的事，不管公的或者母的，可愛的東西就是可愛。」

「不然來投票啊，現在一比一，」他轉向一旁似乎不打算插手的女孩，「秦悠悠妳決定吧。」

「下次再說吧。」她中止了陳哲凱和沈芳蕾的爭論，頰邊掛著連一點誠意都沒有的笑，蹲下身讓兔子跳上地板，「最近天暗得很快，你們還是早點回去比較好，妳家巷口的路燈壞了對吧？」

「嗯。」

「你送她回去吧。」秦悠悠站起身，但視線定在兔子身上，「沈芳蕾很怕黑。」

「我才沒有——」

沈芳蕾的反駁文弱得像是種承認，她不很情願地瞄了他一眼，但這局勢就是讓陳哲凱不能拒絕。

真是麻煩的傢伙。

「妳真的很麻煩耶。」

「哼。」

傲嬌的冰山校花頭一扭就往門外走去，總該說再見吧，但他還沒開口就迎上秦悠悠敷衍的甩手，真讓人氣悶。

但他還是忍不住多看了秦悠悠幾秒鐘。

即使是這麼敷衍的姿態也讓他覺得可愛。

陳哲凱困窘地轉身，飛快地離開現場，結果他也沒說再見，直到聽見關門聲時他才意識到這點，於是他猛然頓下，望向那扇闔起的咖啡色門扉。

「你好像真的很喜歡秦悠悠。」

「要、要妳管——」

「我可以幫你在秦悠悠面前說好話。」

「妳哪有這麼好心？」

「嗯，是沒有。」沈芳蕾揚起討人厭的微笑，「兔子要叫冬冬。」

陳哲凱嘆了一口氣。

「知道了啦。」

□

呆望著門板上的雕花，其實我完全分辨不出來那究竟是百合或者紫陽花，這或許不是特別重要，我的心思也不真的在那些勾勒之上，而是穿過這道門，彷彿我瞥見了兩道並肩而行的身影。

拖曳著長長的影子，我想他和她不會有太多交談，甚至沒有聲音，安安靜靜的；然而人並不總是那麼需要語言，偶爾不說話反而能將一切訴說得更加具切。

我究竟在想些什麼？

斂下眼我卻轉不了身，有一股想拉開門親眼驗證答案的衝動，我討厭曖昧不堪的揣想，但我的手才搭上門把便僵直得不能動作。

胸口像鬱積了厚重的泥沙，大口深呼吸也沒有用。

儘管我的心思不受控制地繫上了屬於陳哲凱的記號，但我並不那麼熟悉他，可沈芳蕾不是，對於她我簡直是瞭解過了頭，尤其是她的不擅交際，無論心底多想和另一個人交好，卻總是百般猶豫像是非得湊齊了天時地利人和才能動作，特別是對於異性，她幾乎沒有主動過。

但她和陳哲凱搭話了。

縱使還有我在，但我什麼也沒做，沒有拋球讓她接，也沒有半強迫地營造出「這時候妳不說話不行」的氣氛，她甚至卸下了冷傲的作態朝他扮了個鬼臉，一次也沒有，我來回想了三百遍，除了我和她的家人誰也沒見過。

這意味著陳哲凱對於她是特別的嗎？

或許。

蹲下身我環抱著雙膝拚命地思索，一個也好，一個問號就得配上一個否定，偶爾一個還不夠，必須翻找出大量的否定才足以安定我翻攪的猜想與猶疑。

但我想起的卻是沈芳蕾美好臉龐掛著的淺笑。隱隱的。帶有某種曖昧。

接著我的腦海又映現陳哲凱別開頭時顯露的困窘，頰邊染著不明顯的潮紅。

猛然站起身，我一把拉開了門，門外理所當然沒有人影，沁涼的風撫上我的肌膚讓我稍微冷靜了下來，果然是少女病，我有些無奈地扯動唇角，眼前卻踏進了我預期之外的影子。

像海市蜃樓一樣。

卻是真的。

張大眼我安靜地凝望著，來者放緩了步伐卻沒有止步，他所踩踏的彷彿不是柏油路而是我的感情。

「為什麼站在門邊？」

「吹風。」

「這樣會感冒。」

「你為什麼在這裡？」

「因為沒跟妳說再見。」他說，帶著靦腆的微笑，嘴裡說的卻和表情截然不同，「就算妳很沒禮貌，但我不會跟著沒禮貌。」

「陳哲凱。」

「怎樣？」

「你有好好送沈芳蕾回家嗎？」

為什麼呢？

明明不想提的，明明不想神經質地試探，話語卻違背我的意志，我屏氣凝神地等著他即將給出的一舉一動，那之中藏有答案，答案，我不想得到卻拚命瞪大眼注視的答案。

「不用擔心啦，我很認真地確認她走進門才離開。」

「是嘛。」

「我差不多該回家了。」

「嗯。」

「秦悠悠。」

「怎樣？」

「再見。」

「喔。」

「妳真的很沒有禮貌耶。」

他這麼說。

但臉上卻揚著笑。

我的心忽然定了下來。太過輕易的。他啣著笑輕快地轉身離開，我往前踏了一步，仔仔細細地目送他遠去的身影，直到他躍出我的視野——

「再見……」

我總以為人的感情是慢慢的，得花上一段長長的時間才能肯定些什麼，但我大概是錯了，偶爾人連一丁點的肯定或者把握都沒有便這麼陷下去了，無論如何防備都沒有用處。

忽然我想起媽曾經說過，愛讓她沒有選擇，一直以來我都認為那是藉口，不過是她為了掩飾自身軟弱意志的託辭；但或許是真的，愛不會讓人有所選擇，縱使她能決定不要往前，卻不能決定愛或者不愛。

而這世間有太多人寧可放棄自己，也不肯放棄愛情。

04 也許那並不是痛，而是喜歡

沒有風。

坐在矮牆上我無聊地晃著雙腳，偶爾粗糙的磨石子會刮過肌膚引起一陣刺癢，但那非常短暫，短暫得讓我更加故意讓小腿肚碰上牆面。

正中午的陽光實在太刺眼了。

沒辦法安分趴在桌上就溜了出來，小莓說不定會跟著跑出來，最近我的表現總有股說不上來的凝滯，細膩的小莓不可能沒察覺，所以盯我盯得非常緊，而她的眼底還揉進「我不會問但希望妳主動告訴我但我真的很擔心」的複雜情緒。

「好睏……」

被強迫趴在桌上時一點睡意也沒有，一旦逃出來了體內的睏倦感卻也一湧而上，我打了個很不文雅的呵欠，半瞇的眼恰好瞥見走近的小莓。

「秦悠悠！」

「不好好午睡皮膚會變差喔。」我笑嘻嘻地望向她，「我們家小莓要漂漂亮亮的啊，不然怎麼勾引班長？」

「他才沒那麼膚淺。」

不知道從什麼時候開始小莓已經不否認了，大概就如同我也想不起來從什麼時候開始陳哲凱都會在校門口等我走出來，接著沈芳蕾會在第二條路口加入，三個人就這麼走到我家門口，我進門、沈芳蕾右轉、而陳哲凱左轉。

然後，我會在幾個呼吸之後又旋身將門拉開，又確認了一次：沈芳蕾往右邊走，而陳哲凱往左邊走。

我真是小心眼到了極點。

像是微妙同時危險的平衡，但也許那平衡的危險只存在我心中，正在晃動的是我，而不是「我們三個人」。

「我不會蹺課，妳沒有必要那麼擔心我。」

「午休也算蹺課。」

我無辜地聳了聳肩。

拍了拍身側的位置示意小莓一起坐上來，她有些無奈地蹙著眉但還是爬上矮牆在我右邊坐下，她的身上總是飄著一股淡淡的香味，隨著長髮輕輕晃動，像極了青春電影裡的女主角。

我斂下眼。

安靜地呼吸。

於是心跳顯得極其鼓譟喧囂。

「我有喜歡的人了。」

「真的？」

「嗯。」小莓的聲音裡頭沒有過多的訝異，或許比起我的坦露內容，坦露的本身對她而言才是重要的。「不過妳放心，絕對不是班長。」

「就算是也沒有關係。」

「是嗎？」

「喜歡又不是自己能夠控制的感情，再說，本來兩個人能夠成為朋友總是有一些相似的部分，既然如此，喜歡上同一個人也不是多奇怪的事。」她用著非常輕緩的口吻，好溫柔好溫柔地說著，「會破壞兩個人關係的不是感情，而是察覺自己感情之後所採取的舉動。」

「這種老成的論調不適合少女。」

「妳才是最不像少女的人。」

「我本來也這麼認為，」我扯開淺淺的笑，視線落在略微泛白的手指關節，「但最近，有太多事都和我以為的不一樣。」

「無法預料的才是青春。某個討人厭傢伙說的。」

「那個傳說中的初戀對象嗎？」

「我絕對不會承認。」

「不管承不承認都改變不了事實，雖然很清楚這點卻還是拚命否認，卻在否認的同時又違背期望的搜尋驗證的線索，人還真是沒事找事。」

「悠悠，我很想問但我不會問，不過如果妳願意說的話，我都會認真聽妳說。」

「我知道。」

開始有風了。

儘管十分細微。

「我決定跟班長告白了。」

「真的？」

「嗯。」我側過頭，恰好迎上小莓的微笑，「雖然知道結果，但還是想讓他知道，徒勞無功，我一直都是這麼想的，但這陣子我卻有不一樣的念頭，妳不是常常要我去告白嗎？我想妳也不是那種會覺得去告白就能得到入場券的人，大概是相反，而為了讓我確認自己拿不到入場券，這樣才能下定決心離開這份喜歡。」

「我只是喜歡興風作浪而已——」

「真希望妳能坦率一點。」小莓跳下矮牆，將頭微微抬起望向我，「等我告白以後，我就有立場在妳耳邊碎唸著要妳去告白吧。」

「那妳還是不要去好了。」

「悠悠，我真的很喜歡班長，可是我希望妳記住，不管我再怎麼喜歡班長，都跟妳沒有關係，妳也不需要負什麼責任。」

「這是防堵我執意要對失戀的妳負責嗎？」

小莓頰邊依然掛著笑。

沒有回答。

反倒朝我伸出手，「下來吧，再不回去會遲到。」

小莓的手熱熱燙燙的，我有一瞬間的恍惚，但她結結實實地握住我的掌心拉著我往前走，灼熱的日光毫不留情地侵襲著少女的肌膚，沒幾步路的距離額際便冒出汗霧，但我沒有甩開小莓的手的念頭，一點也沒有。

我想起那日陳哲凱也是這麼拉著我走，儘管只是手腕，但對我而言那早已是超出界線的舉止，沒有任何可以被說明的理由，我應該要將手抽回的，但我沒有。

「小莓。」

「嗯？」

「我知道自己喜歡他，卻沒有勇氣承認自己喜歡他。」

「那，就從不要否認開始不就好了。」

「真是明快的答案。」

「因為不關我的事啊。」小莓爽朗地笑著，「雖然自己糾結了老半天，但只要是跟我的喜歡無關的事，就都感覺很簡單明瞭啊。」

「也是。」

□

陳哲凱偷覷著右前方的女孩，垂落的髮絲遮去大半她的側臉，但他還是看得出來女孩在笑，和平常捉弄小莓之後露出的笑容不同，不過他也沒辦法說明其中的差異。

一點進展也沒有。

他托著下巴右手無聊地轉著筆，完全沒有聽課的心思，腦袋裡秦悠悠的面容彷彿隨著他手上的筆一起旋轉，讓他產生了某種不能抗拒的暈眩。

有好幾次他都衝動地想拋出「我喜歡妳」這四個字，對他來說傳遞喜歡其實是件簡單明快的事，給出了喜歡才會有後續的接受或者拒絕；然而念頭一滑過「拒絕」的邊緣，他就又把話吞了進去。

陳哲凱以為自己是個豁達的人，即使得到拒絕也無所謂，只要決定下一步是要再多做一點努力或者乾脆地放棄就好，本來感情的事就是這樣，沒錯，從小到大他都這麼認為，但他的「認為」擺進了秦悠悠就散了滿地。

他甩了甩頭，逼迫自己將注意力拉回前方，卻沒想到台上的物理老師已經闔起講義並丟出最讓人期待的「今天就上到這裡」；陳哲凱有點錯愕，課不是才開始不久嗎？他不過是瞄了幾眼秦悠悠，又想了一下秦悠悠，怎麼時間就跳過一大段？

「欸、陳哲凱。」

「什麼？」

「叫你好幾聲了。」

「有什麼事嗎？」

他納悶地注視著站在他面前的女孩，印象中兩個人沒說過幾次話，但他記得她，似乎是某個小團體的頭，不過他還是想不出任何她特地走到他面前的理由。

「有問題想問你。」

「什麼？」

「你有喜歡的人嗎？」

陳哲凱愣了一下。

直接又毫不修飾的疑問句就這麼拋往他身上，四周的氣氛頓時顯得凝滯，彷彿所有人都被這個問號吸引而停下了動作，並且轉身等著他要怎麼揮棒應對她突來的高速直球。

他抬起眼，不自覺瞄了眼秦悠悠，她托著腮看著這邊，但臉上沒有特別的興趣，不知為何秦悠悠略顯無聊的表情讓他非常不愉快。

本來沒有打算理會這個女生，但陳哲凱卻改變心意了。

「有。」

「是我們班的嗎？」

是秦悠悠。

如果這麼說會掀起很大的風浪吧？

但假使她乾脆地聳肩說「可是我對轉學生一點興趣也沒有耶」該怎麼辦？很有可能。

她現在根本就處於「隨時打了呵欠接著趴下睡著都不讓人意外」的狀態，陳哲凱猶豫了很長一陣子，長到讓站在他面前的女孩幾乎要自己決定答案了，但他聳肩，用一種很無所謂的口吻：「總之是我們學校的。」

結果他根本就是個膽小鬼。

女孩轉身離開之後，秦悠悠居然真的打了個呵欠。胸悶氣躁鬱結一堆有的沒有的症狀似乎一股腦地爬進陳哲凱的體內，他盡可能自然地走出教室，突來的風稍微紓解了他的不快，但才踏出兩步他又折了回來，這次逕直走到了秦悠悠身邊。

「做什麼？」

對啊，做什麼？

連想都沒想就走到秦悠悠面前的他究竟想做什麼？

「其實我喜歡的是妳」就算話已經積滿了胸腔但只能費力地壓下，但他已經走到她面前了，並且是在他剛剛的發言激發眾人的好奇心之後。

「借我錢。」

他說。就算口袋裡還有幾張百元鈔，但他貧乏的想像力勾勒不出其他更合理的內容了。

「不要。」

「快點我要買礦泉水。」

「外面水龍頭轉開就有源源不絕的水了啊。」

他看著她。

秦悠悠臉上似乎有細微的不悅。

對啊，他怎麼會忘記秦悠悠比誰都擅長虛張聲勢，說不定她無聊的模樣只是為了掩飾自己的在意而已——

一瞬間那些胸悶氣躁鬱結一堆有的沒有的症狀全都消解了，他彷彿多了大把餘裕，帶點壞心的拿起秦悠悠擱在桌上的水瓶，不顧她蹙起的眉，自顧自就灌下了半瓶。

但很快他就發現自己的雙頰染上了熱燙，而且是非常猛烈而難以抵擋的熱燙，他的手緊緊抓著水瓶，他的唇碰上了秦悠悠碰過的瓶口，他的唇碰上了秦悠悠碰過的瓶口，他的唇碰上了秦悠悠碰過的瓶口，這句話像被哪個人按下重複鍵般反覆地播放。

他的唇碰上了秦悠悠碰過的瓶口——

陳哲凱胡亂地拴起瓶蓋，沒辦法去想「萬一她又接著喝同一瓶水……」，對，他沒辦法平靜地去思考這一點，於是便把水瓶抓得死緊，展現出一股「無論如何我都不會交出這瓶水」的炙熱氣勢，以誰都別想擋住他的姿態斷然轉身、逃離現場。

「幼稚。」

他聽見秦悠悠輕軟的聲音。

不要在意。現在最重要的是離開現場。

但他又突然想到，「該怎麼處理這瓶水」這個重大命題，於是「他的唇碰上了秦悠悠碰過的瓶口」又開始在他腦中打轉，更糟糕的是還升級成「他拿到了秦悠悠嘴唇碰過的水瓶」——

不是的，他真的沒有懷抱著任何骯髒齷齪的想法，是那些想法很邪惡的竄進他的懷抱，不對，這樣也不對啊，陳哲凱覺得非常熱，下意識又打開瓶蓋，這次灌完了整瓶水。

然後他又怔住了。

「啊……」

他想，短期間內自己應該平靜不了了。

□

陳哲凱有喜歡的人了。

他那句俐落的「有」重重撞擊著我的胸口，並非沒有預備，但大多時候人的所有預備都是不足的；很早之前女孩們就在討論陳哲凱了，但我沒想到會在這麼突兀的時刻被嘉妮打破，我只能讓藏在桌下的手用力攢著裙襬，安靜地等著他的回答。

「是我們班的嗎？」

當嘉妮直截了當的問號逕直拋出，我的呼吸也不由得小心翼翼起來，並不算長的空白輕易地消耗了我的大量意志，必須做些什麼，儘管所有人的目光都集中在陳哲凱身上，但出於內心深處的濃烈不安仍舊迫使我進行一些多餘的掩飾。

我狀似無聊地打了個呵欠，反覆地想著也許再伸個懶腰我就能假裝自己不感興趣地起身離開現場。

陳哲凱的答案我不想聽。

至少現在不想。

在我的心好不容易稍微安定的現在，至少我很努力去消化「假使他喜歡沈芳蕾」以及「假使沈芳蕾喜歡他」的兩大命題，我還需要時間，才有辦法逼著自己去想像……第三個命題。

假使……兩個命題同時成立。

但陳哲凱終究搶在我逃離現場之前給出了回答。

「總之是我們學校的。」

這種不清不楚根本像沒回答的回答堵住了嘉妮的追問，卻沒有止住我百般纏繞的思緒，我用力吐了一口氣，差一點就旋身轉向他在的方向；但我還是忍住了，我自嘲地勾起嘴角，至少我的忍耐力還在我的控制範圍內。

「悠悠——」

我愣了一下，停下腳步等著小莓走近。

這就是所謂的破綻嗎？

她臉上的神色擺明就是看穿了我的心思卻又不願意戳破，我聳了聳肩，大概，這也算是一種說明。

「我要去散步，要一起去嗎？」

「嗯。」

我和小莓走了一段長長的路，也沒特別到哪，就只是繞著操場轉，太陽很大，我的襯衫沾滿了汗水，熱燙和乾渴一起竄了上來；但誰也沒有說話，只是任憑陽光一點一滴將彼此的靈魂蒸發。

最後小莓說話了。

「我告白了。」

「是嘛。」

「嗯，昨天回家路上剛好看見他要右轉，就突然想就算很努力的準備也還是會害怕吧，那倒不如牙一咬衝動一點。」

她笑了。

果然像青春電影的女主角。

小莓的側臉因為汗霧的緣故被陽光照得閃閃發亮，紅撲撲的臉頰上卻掛著一雙沉靜黑色眼眸，我別開眼不去看她，此刻她的存在彷彿一種映現，透著我沒有的勇氣，以及我還沒有預備的落空。

「雖然知道他喜歡的人不是我，但告白這種事還是沒辦法做到百分之百的不期待，昨天啊，在他離開之後我居然就這樣蹲在地上哭了，」小莓像是突然想到什麼好笑的畫面噗哧地笑了出來，「我姊就跟著蹲在路口，一開始是很難過，但後來腦袋裡想的全是『幹嘛蹲在那裡不過來』，害得我也不知道哪個時間點才適合站起來……」

她說。

輕輕地。

「但我突然明白了，其實我根本不需要時間點這種東西，因為在路口等我的是小茜啊，不論我再狼狽她也不會在意……所以我就連眼淚都不擦就往她走去，小茜呢，就拿出面紙笨手笨腳地幫我把眼淚擦乾，結果我什麼也沒跟她說，但我想，有些話也不用說得那麼明白，不是，有些話其實是說不出口的……」

「妳想、跟我說些什麼呢？」

「就這些了吧，」她撥了撥瀏海，「好熱喔。」

我斂下眼，盯望著自己的白色布鞋，沾上了一些跑道特有的紅色砂土，但因為缺乏水分輕輕一甩就被甩落，連一點痕跡也染不上鞋面的白。

但偶爾人做的事大概就是為了讓自己沾染上某些曾經走過的證明吧。

無論是好的或者壞的。

「我喜歡陳哲凱。」

「嗯，我看出來了喔，雖然是剛剛才看出來的。」

「但他，大概是喜歡沈芳蕾吧。」

「還真是所有男生都喜歡校花啊。」小莓以非常刻意的態度嘆了一口氣，「我們這樣算是同病相憐嗎？不過我後來想了，雖然像是在安慰自己，不過至少提早知道了對方的心情，就算不是自己要的，但失望也還是不會那麼重吧。」

「沈芳蕾她……」

「嗯？」

「今天的太陽真的好熱吶。」

「悠悠……？」

「陳哲凱的事就到此為止吧。」我主動牽起小莓的手往樹蔭走去，「說沒有貪想是假的，不過像妳說的，一開始就知道對方不喜歡自己反而輕鬆一點，只是還是糾結著要不要讓對方明白自己的感情，無論對方在不在意，對我來說，更重要的是一個紮實明白的句點，人有沒有那個句點，對放下一段感情有太大太大的影響了。」

因為有我在，所以媽想要的句點總是圈不起一個圓，我不止一次質問著她為什麼不放手，不過是她一個人的執著卻攪和了好幾個人的人生；但我畢竟還是太過少不經事了，我也只想著自己擔負的傷害，卻沒有想過，我竟是她那句點最大的缺口。

「既然如此——」

「因為沈芳蕾。」

「沈芳蕾？」

「嗯，我跟她是朋友，雖然知道妳不會生氣但我還是會解釋的。」

小莓鼓起臉頰，很刻意地假裝自己根本不在意，「有什麼好解釋的？」

「我從小就認識她了，她其實滿不會跟人相處的，如果不夠熟的人我不會介紹給她認識，因為那傢伙防備心雖然也重但腦袋不是很好，好像存了『秦悠悠介紹的人都不會傷害她』的詭異迴路，但要讓妳們認識的時候，突然又知道班長喜歡她——」

我的話停在這裡。

其餘的，我想也不必多說了。

「嗯。」小莓坦率地點了頭又突然抬起眼望向我，「可是……」

「所以才沒有可是。」

我輕輕地笑了。

卻閉上眼。

「一旦她知道我喜歡陳哲凱，那麼，陳哲凱就不會有任何如果了。」

直到這一瞬間我才發現自己對於他的喜歡已經超出了預想，藏匿感情的理由並不是因為沈芳蕾會為了我放棄心底的喜歡，卻是、不想讓陳哲凱因為我的喜歡而得不到他的喜歡。

小莓安靜地握著我的手。

什麼話也沒說。

我的胸口突然泛起一陣猛烈的疼痛，淚水不受控制地滑落，也許，我的喜歡正是這麼晶瑩剔透也說不定；而同時，我的喜歡也和這份疼痛一樣結結實實的。

□

我不想看見陳哲凱。

也不想看見沈芳蕾。

更不想看見陳哲凱和沈芳蕾同時站在同一個畫面裡。

偏偏我回家的路上濃縮了這些不想，還不得不延續至少二十分鐘的漫長，沒辦法只好搬出小莓，以滿不在乎的姿態告訴陳哲凱「我跟小莓去買東西你記得告訴沈芳蕾」。

這段話，我在心裡練習了不下三十次，但還是在提起沈芳蕾時遲疑停頓了一瞬，縱使想揚起無所謂的笑容然而視線一落在他臉上我就失卻了氣力。

最後也只能毫不客氣地扭頭往另一邊走。

「我陪妳晃一下吧。」

「妳不是要陪妳姊看醫生嗎？讓妳不要擔心大概不可能，但是，如果真的有人陪在我身邊，就算是妳，我也還是會不知不覺勉強自己……」

「我知道了。」

「小莓，謝謝妳。」

「不要說謝謝，改天請我喝飲料就好，妳知道我都喝蔬果汁，比一般飲料貴多了。」

「我覺得說謝謝比較划算。」

「這種事是我決定的。」小莓揚起颯爽的笑容，「雖然這樣有點壞心，但一想到只有我知道秦悠悠喜歡誰，就有一種獨佔秘密的滿足感呢。」

她揮了揮手，邁開步伐往十字路口跑去，不遠處有個慢吞吞牽著腳踏車的女孩，跟小莓不怎麼像，但小莓一到她身邊她就軟趴趴地黏在小莓身上；我想小莓大概正蹙起眉碎唸吧，但還是放任女孩以無骨狀態黏附在她背後，用著很慢很慢的速度往前走。

突然想起他了——

我甩了甩頭，明明就擺出拒人於千里之外的態度，但只要遭遇難以跨越的事又總想見到他，我這種想法也實在太卑劣了。

「秦悠悠……」

突來的嗓音並沒有立刻將我拉回現實，而是隔了一段時間我才回過頭，不自覺地皺起眉，橘紅色的夕陽讓男孩的身影顯得火紅卻又暗沉，我沒有開口，但男孩在短暫的猶疑之後緩步朝我走來。

「妳不回家嗎？」

「正要回去。」

「我……我有話想跟妳說。」

「你想跟我說什麼？」

男孩臉上的猶疑逐漸褪去，彷彿隨著夕陽變得更加火紅而他的心思也被燒得更加堅定，他的聲音裡揉著細微的粗糙感，像是變聲期沒有剝落的尾巴，卻更突顯了語句和空氣的摩擦感。

「昨天小莓跟我告白了。」

「我知道。」

他像是預料到了我的回應卻也像沒有一般稍微震了下，但他本來就比同年齡的男孩更加穩重，只是理解地點了兩下頭；我猜不透他喊住我的理由，也不想主動開口彷彿自己要摻和他和小莓的感情問題一下，只能安靜等著他的聲音。

「我告訴她，我已經有喜歡的人了。」

「所以？」

「雖然沒告訴她是誰，但她說她知道。」

我不知道班長為什麼要把一段話說得這麼迂迂繞繞的，我的心情本來就不怎麼好，實在不想在這邊消磨時間，「你到底想說什麼？」

「我喜歡的人是妳。」

他說了什麼？

一時間我反應不過來，只能呆愣地注視著他，見到我的反應他似乎也愣了一下，沒多久居然露出有些無奈的笑容。

「我以為妳已經知道了。」

「你……」

小莓明明說你喜歡沈芳蕾啊——

但話卡在喉頭，這瞬間我終於理解了事情的面貌，小莓大概是打從一開始就明白了，我想起她曾經問過我有沒有可能喜歡上班長這樣的問題，也是因為她突如其來的問題我才開始關心起小莓的視線，我甚至還三天兩頭拿她對班長的喜歡來調侃……咬著唇我望向班長，才發現他從頭到尾都非常仔細地注視著我。

我有些頹喪地撥了撥瀏海，體內的煩躁全都轉化成某種無力感，很早以前我就清楚一個人的無心可以如何的傷害另一個人，於是選擇用另一種宣張來避開各種可能的傷害；然而那終究是我的自以為是，當我以為自己正為了讓某個人不要受傷而做些什麼，卻沒有察覺那些試圖卻是最不留情的刨刮。

我——

那麼，關於陳哲凱，關於沈芳蕾，又或者關於陳哲凱以及沈芳蕾會是另一場自以為是嗎？

……我不知道。

關於人心，誰也拿捏不準，於是只能猜，但當人並不真的能夠擔得起猜錯的後果，也只能步步猶疑步步維艱了嗎？

被攪和得亂七八糟的。

「雖然我也不覺得小莓會告訴妳，但也不希望妳是從別人的口中知道，所以才決定叫住妳的……只是沒想到，妳好像完全沒有想到這件事。」

「很開心嗎？」

班長聳了聳肩。

似乎也沒打算讓對話延續得太長，這時候我才用全部的注意力來注視眼前這個說喜歡我的男孩，他很沉穩，像是其實他並不那麼在意我的不在乎，但他眼底還是透出了細微的顫動。

可能這世界的所有人都在假裝，拚命地假裝。

「我看得出來妳大概是喜歡……」頓了一下他還是沒有說出名字，「所以妳也不用回答我了。」

「那、我該走了，你也早點回去吧。」

「秦悠悠。」

「還有什麼事嗎？」

「我答應了小莓一件事。」

「什麼事？」

「她說，如果我決定要告白，記得替她告訴妳，不管妳要給我什麼回答，都不要把事情賴到她頭上，因為她的喜歡跟妳沒有關係。」

無聲地嘆了口氣。

我扯了扯唇角，「謝謝你。」

班長沒有答聲只是乾脆地轉身，但在他邁出步伐之際我還是喊住了他。

「你的喜歡。也謝謝你。」

□

我的心亂七八糟像是被人隨手塞進大量的雜物，可是同時又空落落的彷彿那散亂一地的物品裡我竟然找不到任何將其安置歸位的方法；漫無目的地東走西晃，等到我回過神來卻已經站在我最不該來的地方了。

某某補習班的招牌顯目到幾近刺眼，我往後退了幾步，卻由於我的後退反而硬生生的踩進他的視線裡頭，正等著簽名報到的他毫無猶疑地朝外走來，我想跑卻動彈不得。

「悠悠妳怎麼在這裡？」

癟著嘴我倔強的瞪視著柏油路面，很多時候並不是真的想將他推得遠遠的，要真是這樣，別說是吃飯，就連見上一面我也會迴避得徹徹底底；然而即使多少明白自己內心對於他是依賴的，卻依舊無法坦率地面對。

並不是他，而是我自己。我還沒學會如何坦率地面對自己。

「我送妳回家吧。」

你不是還要上課嗎？

雖然想這麼說卻發不出聲音，只能任憑他牽起我的手往前移動，抬起頭我覷著他的側臉，我想，他對我而言也許是這個世界上最靠近卻又最遙遠的人也說不定。

「身體不舒服嗎？」

我有一搭沒一搭地晃了晃腦袋。

「心情不好嗎？」

這次我別開頭假裝沒聽見他的問題，他輕淺的笑聲滑過我的耳畔，他沒有繼續追問，開始聊起一些無關緊要的日常瑣事。

兄弟姊妹就是這麼一回事嗎？

我想起小莓和她的姊姊，儘管她三天兩頭埋怨小茜這樣小茜又那樣了，偶爾是真的很生氣，但總是透著一股「真是沒辦法呢」的寬容，雖然真的很討人厭但因為是小茜我還是會原諒她，雖然被拆穿後小莓必定會嚴正否認，但一次又一次，兩個人反而更加親密了。

那麼我和他呢？

第一次見到他那天在我的記憶裡非常不舒服，無論是任何細節都讓人非常不舒服，爸牽著我的手將我硬生生放進一個從來不屬於我、也永遠不可能讓我屬於的場域，對他們而言是家，而我從頭到尾都是外來者。

他被他的母親藏在身後，即使想往前走也還是被拉了回去，哥哥，定義上是這樣，但誰也沒有這樣介紹過彼此。

「悠悠從今天開始就跟我們一起住了。」

單單是這樣的一句話。

其他的，就什麼也沒有了。

儘管做好了預備，但對於年紀還小的我多少仍抱持著某些希望，只是我逐漸明白自己本來就不應該懷抱著期待；於是我安靜地生活，盡可能避開屋子裡的其他人，包含我爸，不得不遭遇時就假裝自己什麼也聽不見，假裝自己什麼都不在乎。

我沒有轉學、沒有遷學區，捨棄了所有方便性並不是為了讓我待在熟悉的環境，而是他的母親明白地抗拒，妳不是這個家的人，我忘了她用冰冷的語調說了幾次這句話，只是在我學會去恨一個人之前，先學會的卻是我是一個被恨著的人。

然而他卻總是坦率地衝著我笑。

像是一無所覺一般，但或許他比誰都明白，當他在場時他的母親便不得不收起所有殘酷，於是他成天在我身邊打轉，無論我如何的無視他依然給我一個又一個愉快的微笑。

「一直以來都只有自己一個人，可是現在有悠悠了，我就不是一個人了。」

「所以悠悠有我也不會是一個人了對吧！」

他說的這句話，不管用什麼方法都揮之不去，如果只剩下我一個人我就可以什麼都不在乎了，可是他說，我不是一個人，即使我說服爸讓我搬了出來他也還是會時不時地出現，如果妳把我忘記我該怎麼辦，用著很輕快的口吻這麼說著，但也許他真正想說的卻是，我不會丟下妳。

我不會丟下妳。

這句話，對我而言或許還是太過奢求了。

「我下課之後再過來。」

「不需要。」

「要吃什麼的話就傳簡訊告訴我，上課可能沒辦法接電話。」

「不要。」

「雖然很擔心妳，不過我今天很開心。」愣了一下我忍不住抬起眼，恰好對上他清澈的眼眸，「因為悠悠想到我了。」

陳哲凱垂落的雙手不由自主地握緊，用力咬著牙像是拚命在忍耐些什麼一樣。

□

他在秦悠悠家附近的巷口來回踱步了很長一段時間，因為在意秦悠悠那張像是在忍耐的臉，於是他心浮氣躁地熬著彷彿沒有盡頭的等待，卻沒有想到自己等到的卻是他最不肯想像的畫面。

曾經看過的那個優等生，同樣地，走在秦悠悠身旁，同樣地，牽著秦悠悠的手，也同樣地，陳哲凱不得不目睹秦悠悠以複雜神情默默注視著對方的遠去。

往後退了一步他讓自己的身影融進更深的陰暗裡，不遠處的秦悠悠安安靜靜站在路燈下，腳邊彷彿蔓延出一道混有濃厚寂寞的影子；陳哲凱內心的翻騰逐漸被秦悠悠的幽黑影子吞噬，這一刻他發現自己或許從來沒有靠近過她。

於是他克制不住自己趨前的盼望，踉踉蹌蹌地，有些步履維艱地朝她走去。

「秦悠悠……」

她抬起頭卻沒有說話，好像正在撿拾四處散落的靈魂並且花上一段長長的時間讓靈魂聚攏重新凝成一個，她眨了眨眼，像是在思考眼前的這個人。

秦悠悠猛然往後退了一步。

他的右手搶在他的思考之前抓住了她，內心很深很深的地方藏匿著某種預感，而陳哲凱一點也不想讓預感成真。

那麼只要比她更快就好，只要他前進的速度快於她的後退就好。

「……放開我。」

「妳為什麼——」

話只起了頭，但陳哲凱找不到任何一個適合往下說的詞彙，便讓他的困惑硬生生卡在半空中；他以為自己最想問的是方才離去的那個男孩，卻不是，只是那或許不是他能問的問題。

男孩也許就在這個瞬間因為女孩而長大了。

「我來看冬冬。」

「改天吧。」

「妳……怎麼了嗎？」

「什麼意思？」

「妳看起來很不好。」

「是嗎？」

「嗯。」陳哲凱鬆開手，他的抓握讓秦悠悠的衣袖留下明顯的摺皺，而讓她的左右顯得非常不平衡，「而且是很不好的那一種。」

「陳哲凱。」

「嗯。」

「你可以給我十分鐘嗎？」

「可以。」

「那十分鐘給了我以後就不是你的了，所以，你也不能記得。」

「嗯。」

秦悠悠往前踩了一步，頭輕輕靠上他的胸口，時間的流逝忽然脫離了線性而更像掌握不住邏輯的意識流；他聽見一種壓抑的哭泣聲，溫熱的淚水比聲音更具切，逐漸染濕他的襯衫。

但他想，被沾濕的可能不是襯衫，而是他的心臟。

水氣滲進襯衫穿透肌膚直抵他的跳動，於是屬於秦悠悠的哀傷便隨著血管送進他身體的每一個角落，他以笨拙的姿態小心翼翼地環抱住秦悠悠，連同她的哀傷他都自私地想要擁有。

即使，她只要了十分鐘。

05 我們摀住耳朵，卻想聽見

一片雲也沒有。

陳哲凱半倚著圍牆視線無聊的落在籃球場上來回奔跑的微小身影，他想不透，許許多多的事都想不透，但他發現這些他想不透的事大多都有著共通點，繞著繞著就會連上秦悠悠。

他以為自己跟秦悠悠靠近了一點，至少她在他面前哭了啊，哭的不是別人而是那個把逞強當呼吸的秦悠悠耶，但隔天她又一副若無其事的模樣，而他答應過不能記得當然就不能提起，結果就像什麼都沒發生過一樣。

「完全搞不懂她在想什麼……」

「只有怪人才會在頂樓自言自語。」

他瞄了一眼朝他走來的沈芳蕾，沒有特別搭理她的意思，這傢伙也讓人覺得心煩，明明說好了要幫忙卻總是在一旁看熱鬧，兔子是如她所願取名為冬冬了，但他只覺得自己被擺了一道。

少女果然是世界上最討人厭的生物。

「不在秦悠悠身邊打轉嗎？」

「這樣只會讓她覺得討厭吧。」

「看來你越來越了解秦悠悠了啊。」

「妳又來做什麼？」

「這種態度真的好嗎？」

「什麼？」

「我今天要跟同學討論分組報告，就賜予你單獨陪秦悠悠回家的機會吧。」

「這種機會妳一開始就應該要給我。」

「不要得寸進尺。」

「本來就是。」

「就算真的被你得逞了，我也還是會跟秦悠悠一起回家，你不要以為能改變什麼。」

「得逞？妳真的是——」

陳哲凱白了她一眼，沈芳蕾對他說話越來越不客氣，雖然比起和做作冰山相處他寧可選擇這樣，但代價就是每次說完話就胸悶鬱結；認真說起來，表面上是盟友，但根本像是他和她相互爭奪秦悠悠的注意力。

他低下頭，語調忽然顯得安靜。

「妳覺得我跟秦悠悠真的會有可能嗎？」

「為什麼突然問這個？」

「就只是……跟秦悠悠有關的事我都想不明白……」

「除了秦悠悠誰也沒辦法回答吧。」沈芳蕾大概是嘆了一口氣，但他不是很確定，「如果沒有可能你就要放棄了嗎？」

「當然不是！」

「那又——」

「我不想讓我的喜歡變成秦悠悠的困擾……」他的句尾像突弱的樂句讓所有空氣也跟著凝滯，陳哲凱停頓了很久但在猶豫之後還是接續了話語，「一直以來我都覺得人的感情就是那樣的事，喜歡就說喜歡，繞一大圈反而會讓事情更複雜，我其實不是很擅長這種繞來繞去的事……可是遇到秦悠悠之後發生了很多事，不知不覺我的想法也有了轉變，秦悠悠常常會做一些看起來很討厭的事，但事實上是為了保護另一個人，所以，所以面對這樣的她，會讓我覺得想自顧自地把自己的喜歡交出去的我不僅自私還很幼稚……」

「這樣說也沒錯。」

「我想保護秦悠悠，我想了很久，比起喜歡，我更想保護她。我不想……不想再看見她一直勉強自己了……」

比起牽起她的手，陳哲凱想，可能他更希望能看見秦悠悠毫無顧慮的燦爛笑容吧。

或許有一天她可以不必拚命地去描繪一隻不存在的兔子，也不必用誇張的表情喊著沒人相信的痛，只要這樣就好，對於他而言這比能不能得到和秦悠悠相互喜歡的可能重要多了。

但他還是在意，非常在意那天看見的男生，總感覺每當有他在秦悠悠的神情就會格外寂寞與哀傷，他瞄了一眼沈芳蕾，在幾個呼吸之後他終於打破方才降下的短暫沉默。

「妳跟秦悠悠認識很久了對吧？」

「嗯，這是你沒辦法超越的。」

「誰跟妳說這個。」陳哲凱握了握拳，最後攤開手注視著掌心，有些遲疑地才接續他的話語，「那妳……知道秦悠悠身邊有一個男生，附近那間學校的……」

「為什麼問這個？」

「我在秦悠悠家門口看見那個男生。」

「喔。」沈芳蕾的沉默持續了很長一段時間，她忽然大口地吸氣，卻在他以為會得到答案的時候她扭開了身子，「我不知道。」

「可是——」

「我要回去了。」

沈芳蕾很乾脆地扭頭就走，望著她快步離去的身影反而讓他內心的困惑落得更深，她的表現彷彿那個男孩是個不能碰觸的存在，但男孩就是在那裡，並且反覆地出現在那裡。

「到底為什麼不能乾脆地把話說清楚？」

陳哲凱煩躁地耙亂了頭髮，果然他想不透，事情一旦牽扯上了秦悠悠就蒙上一層撲朔迷離的薄霧，但他還是努力想要稍微揮散一點霧氣，只要霧稍微散了，他就能多看見一點真正的秦悠悠。

這樣他就能告訴秦悠悠，不用逞強也沒有關係。

□

沈芳蕾和陳哲凱的緋聞悄悄地竄進他和她的話題裡，沒人知道究竟是誰起了頭，但總之勾起了最早最早的那封情書的記憶，讓彼此的想像有了堅固的基石，於是一切就更像真的了。

或許本來就是真的。

我咬著吸管聽著眼前女孩言之鑿鑿地敘述著這些日子以來我聽過的第三個

版本，沈芳蕾在被拒絕之後又努力不懈，甚至四處傳出各種目擊證言，某個人堅持自己看過沈芳蕾和陳哲凱在頂樓相會，又某個人說她看過沈芳蕾給陳哲凱一個靦腆曖昧的微笑，再來某個人又補充……

「有男生直接問了陳哲凱喔。」

「然後呢？」

「他當然說不是啊。」女孩甲揚起曖昧的表情，「但聽說臉色很僵硬，擺明就是在說謊。」

「不過一轉學過來就收到沈芳蕾的情書，喜歡上她好像也滿正常的。」女孩乙刻意擺出不感興趣的神色，但卻藏不住某種酸意，「本來陳哲凱拒絕了還想說他跟其他男生不一樣，結果還不是一樣。」

「校花就是校花啊……」

女孩們的話題逐漸偏離，討論起「男生就是喜歡這種女生」這種一點建設性也沒有的自我安慰，我托著下巴沒有參與的意思，心思繞在沈芳蕾和陳哲凱這兩個名字上，我以為自己能夠慢慢接受，但我大概是太高估自己了。

乾乾脆脆地接受，乾乾脆脆地放下喜歡，簡單明快。

但我做不到。

甚至在故事轉到第三版本之前我就已經準備好十個否定的版本了。

「悠悠妳還好嗎？」

「嗯。」

小莓理解地拍拍我的頭，欲言又止的。

這幾天她都是這張臉，不用猜都能知道十之八九是關於陳哲凱的，但我硬是不問，因為不想聽，可是我也沒辦法讓小莓繼續維持這種狀態，看見她的表情總是會勾起我對流言的猜疑。

人的感情太過脆弱了。脆弱到既不能承受真的，也沒辦法負荷假的。

「想說什麼嗎？」

「我覺得妳還是想辦法確認之後再下結論比較好。」

「這我知道。」我停頓了一下，手有一搭沒一搭地捲著髮尾，「但做不到。」

「嗯……」

對話到這裡便形成了相當難以接續的塹谷，小莓若有似無地嘆了口氣，其實我很清楚只要自己直截了當地問沈芳蕾就好，但「直截了當」的本身就是問題。

「我去散步。」

「要我陪妳去嗎？」

我搖了搖頭，小莓給了我個理解的眼神後我便起身往外走去，我沒有具切的目的地於是晃著晃著就踩上最熟悉的階梯，一階一階通往頂樓；也許是太過老舊的緣故，又或者所有人都抱有某種共同的默契，通常這棟大樓的頂樓不會有人，要吹風要看雲或者要從事所有電影裡的橋段大多都在新大樓的頂樓。

這樣也好。

需要安靜的時候知道有個地方總是安安靜靜的，對一個人而言也是非常大的幸運吧。

只是我長期以來所依賴的幸運，大概，有其他人更需要也說不定。

陳哲凱和沈芳蕾就站在那裡。

過了很久我才發現自己的手正微微顫抖，隔著一段長長的距離我聽不見任何關於他和她的聲音，但他和她開闔的唇、輕輕甩動的髮，以及揚起的笑如此鮮明的映現在我眼底……但沒有聲音，沒有，於是想像便在如此的安靜之中瘋狂炸裂。

我想離開卻動彈不得。

眼睜睜地瞪大雙眼直視著眼前的畫面，他以及她，藏匿在我內心最深處的猜疑與不安以不能控制的姿態劇烈竄起，像哪個人帶著惡意旋開瘋狂搖晃後的可樂，讓四周都不可避免地沾染上難以忍受的氣味。

這些日子以來沈芳蕾總是走在我的右邊，而陳哲凱則站在左邊，然而或許始終卡在中間的我才是必須後退的那一個。

我想用力呼吸卻依舊小心翼翼，害怕自己的喘息會輕易地毀壞三個人之間的平衡，斂下眼耗費了極大的氣力才得以轉身，以幾乎要摔落的方式搖搖欲墜地踏著階梯，一階一階，往下，遠離，但我的思緒彷彿在方才那個位置扎了根，我想揮開卻揮之不去。

終於踏上一樓走廊的瞬間我才忽然想起來，他和她之間所可能擁有的一切本來就與我毫無關係，沒有必要說明或者解釋，一點必要也沒有。

我快步走進洗手間，讓自己反鎖在最裡頭的狹小空間之中，癱軟地靠坐在冰冷也許還非常骯髒的地板上，頭輕輕撞了門板一下卻沒有痛的感覺；我的臉頰好像沾上了一些什麼但我不想確認，濕濕熱熱的，但不想知道那到底是為了什麼。

就說了不要有所期望。

不要。

但明明知道了卻還是對陳哲凱產生盼望了……

「秦悠悠妳這是活該……」

活該。

咬著唇我壓抑著哭泣，不想讓自己變得可憐，我不想用哀傷的表情來拉住哪個人，即使留下了哪個人卻也得不到那個人；那些年媽的臉上總是掛著濃重的哀傷，於是爸不得不來，卻也總是連一秒都不願意多待。

我來了，所以夠了。

爸從來沒有說過這樣的話，但有些話不說比說更加殘忍。

所以媽決定拋下我的那天我沒有哭，連一句質問也沒有，我很明白，她已經做好了決定，而我早已經不在她的決定裡頭了。

但也因此我沒有辦法原諒她，或者原諒造成這一切的任何人，甚至找不到理由原諒我自己，因為，我拚命告訴自己，沒有人有錯，這裡，沒有人有錯，於是原諒便沒有安放的位置。

我想起沈芳蕾也對我說過對不起，在所有人發現我是非婚生子而開始瘋狂朝我投擲惡意的時候她怯弱地退開了，那個我曾經拯救過的女孩噙著淚卻不敢走近，卻在幾個路口之外等著我回家。

「對不起……」

「為什麼要說對不起？」

「因為……因為我沒有幫妳……」

「妳沒有幫我的義務，而且我也沒有要妳幫我，所以沒有必要說對不起。」

「可是……」

「我不覺得那些人做的事有什麼，我也不會因為這樣就哭，我跟妳不一樣，不需要另一個人來幫我，因為我不覺得自己需要幫忙。」

但那不是真的。

只是在我生活過的世界裡從來沒有人肯拉住我的手，也許正因為這樣我才會投射一般不自覺地去拉住一個又一個人，這樣下去那個人會摔下去的，其實我根本不在乎那個人會傷得多慘重，我只是總會想起自己，啊，那時候我就是像這樣失速墜落的吧，所以才必須拉住那些人，因為我不想反覆地想起自己好不容易藏匿在深處的感情。

陳哲凱也是。

當初不過是抱持著如此自私的念頭，但什麼時候他卻成為一個能夠輕易翻攪我的感情的存在呢？

因為喜歡嗎？

還是，我不知不覺地竟然朝著陳哲凱伸出我的手了呢？

我的眼前模糊成一片，但這一瞬間我想起的居然不是方才他和她相視而笑的畫面，而是陳哲凱，那時候他揮手對我說再見的笑容，緩慢地滲入了我難以承受的模糊之中。

□

若無其事一樣。

我的眼睛沒有腫，嗓子也沒有啞，趴在桌上一路睡到放學起身後依然扯開燦爛卻敷衍的笑容，甩著書包我一邊踢著擋路的小石頭，但踏出校門時我還是不由自主深吸了一口氣，我不知道自己這種故作姿態在陳哲凱和沈芳蕾面前能夠多流暢，我只能努力地說服自己，只是人總是不能明白自己所謂的努力究竟有多少用處。

「妳身體不舒服嗎？」

「怎樣？」

「妳整個下午都在睡覺。」

「只是覺得睏。」

「喔。」

綿長的沉默籠罩了下來，陳哲凱有些不自在地扯了扯背帶，步伐放得比平時還要緩，他用不適合少年的模樣清了清嗓子，但話還是沒有被扔出來，直到我以為他放棄開口時聲音才落了下來。

「沈芳蕾說她今天要跟同學討論什麼報告的……」

「是嘛。」

我的心陡然一緊，為什麼是你來告訴我，差一點就要衝口而出了，但我拚命忍下並且假裝自己絲毫不在乎；只是我開始加快腳步，並不是想縮短和陳哲凱獨處的時間，而是我害怕在這接下來的任何一個瞬間，他說不定會拋出以「我和沈芳蕾……」起始的句子。

逃避。

但在被攤開來之前都能當作只是流言。

結果我也只是個自私又膽怯的人。

「秦悠悠妳走那麼快幹嘛？」

「你管我。」

陳哲凱伸手拉住我的背帶，沒有選擇我只能放緩速度，但他沒有鬆手而是保持這樣的姿態扯住我，我想我應該喝斥他放開手，然而這樣的字句完全無法在我心口醞釀成形。

他開始談論起冬冬，他本來主張的並不是這個名字，只是突然他就讓步了，以笨拙的方式宣告「我才不要跟女生爭」，於是沈芳蕾就開開心心地替兔子做了一塊小小的名牌。冬冬。這個名字才可愛吧。我依然清晰地記得沈芳蕾非常漂亮的笑容，卻不想記住陳哲凱別開臉時頰邊的潮紅。

「要進來看冬冬嗎？」

「喔，嗯……」

握住門把時我怔了一瞬，我應該拉開距離的，就算不是為了沈芳蕾也得為了自己，但我的一舉一動卻違背我的意志，我開了門讓陳哲凱進來，接著關上門讓兩個人待在沒有其他人的屋子裡，甚至不小心太過用力得讓門板發出了巨大聲響，膨脹了兩人的獨處。

我開始不像自己了。

陳哲凱抱著冬冬溫柔地順著牠的毛，我走了幾步停在他的身側，他猛然抬起頭揚起太過颯爽的笑容，像那天夜裡他特地來到我面前只為了說一句再見時的笑，那麼輕易地便擊潰了我的忍耐。

「大家都在傳你跟沈芳蕾。」

「我跟沈芳蕾一點關係也沒有。」

「是嗎？」

「妳還敢問，本來就是因為妳放的那封情書他們才會以為……其他人隨便傳就算了，秦悠悠妳不要跟著興風作浪。」

「喔。」

「妳可不可以有誠意一點？」

沒有理會他的意思我轉身就要往廚房走，但他卻在意料之外抓住了我的手，我有些訝異地回過頭卻迎上他極其認真的眼眸，「我跟沈芳蕾絕對不可能。」

真的嗎？

你這麼說我就打算這麼相信了喔。然而這不是我該說的話，深深地望了他一眼後我抽回了手，到此為止就好，至少我是這樣告訴自己的，只是我聽見自己的聲音緩慢滑出，簡直不像我的。

「那你喜歡誰？」

陳哲凱明顯愣住了。

他有些不知所措地注視著我，遲疑了很久依然沒有回答的意思，同時防堵一個問號的最好方法並不是逃避而是拋出讓對方更加措手不及的問號，大概陳哲凱突然想到了這一點。

「那妳有喜歡的人嗎？」

「是我先問的。」

「回答一樣的問題才公平，妳知道我有喜歡的人，那我也要知道妳有沒有喜歡的人。」

「有。」

這次他愣得更加明顯了。

也許是沒有預料我回答得那麼爽快乾脆，又可能是沒有做好我會回答的準備，陳哲凱的臉色似乎有些僵硬，沉吟了很長一段時間我以為他會追問但他卻搖了搖頭。

「算了妳還是先不要告訴我是誰好了。」

「為什麼？」

「反正我現在還不想知道，也還不想讓妳知道我喜歡誰。」

……還不想讓我知道。

我想興許是我太過敏感了，這七個字彷彿針一般隱隱扎進我的胸口，某些微妙的細節藏匿在字與字的縫隙。還不想讓妳知道。如此的表達法讓沈芳蕾的臉龐又不期然閃現，你和沈芳蕾為什麼會約在頂樓見面呢，差一點我就要提起了，以私毫沒有立場的咄咄逼人；我別開眼，不想看見他神情中更多引人猜想的線索。

「那就算了。」

「有一天會告訴妳的，而且是親口告訴妳。」

「是嘛。」

「我先回去了。」陳哲凱站起身，依然是一臉不自在，「妳記得把門關好。再見。」

「喔。」

「妳就不能說一下再見嗎？」

「喔。」

「秦悠悠妳真的是——」他忽然笑了，方才的不自在被笑容沖淡了許多，他抬起手爽快地揮了揮，「我回去了。再見。」

陳哲凱幾個跨步就踏出了玄關，關起門的動作輕快流暢得讓人感到非常不愉快，不知道從何時開始這樣呆望著他留下的空白也成為一種習慣，明明兩個人認識的時間還那麼短。

「再見……」

我很討厭說再見。

因為我怕，一旦說了再見就再也不能見到他了。

□

關於「秦悠悠有喜歡的人」這件事陳哲凱思索了很長一段時間，不過並不是每種思索都能夠得到結論，有一種偶爾人的思索反而會致使更大的混亂，甚至模糊了起先的問題點。

但陳哲凱姑且稱得上直率又願意承認自己的不足，他想，不懂就找個可能會懂的人來問吧！

這個決定暫時讓他脫離了屬於秦悠悠的混亂，卻踏進了另一個巨大的問號，他大概沒有預料到「究竟他能問誰」會成為這幾天他最大的習題；儘管跟身旁的人處得不錯，但才轉學幾個月怎樣也不可能有可以傾吐感情的對象，沈芳蕾他第一個就刪除了，他直覺那傢伙絕對派不上用場，接著他想到了保健室老師，只是「她很隨意地就和秦悠悠聊起『欸那個轉學生喜歡妳喔』」的風險太大，然後就沒了，根本沒有第三個選項。

「唉……」

「你為什麼一直嘆氣？」

「有嗎？」

「這三天你都是這樣。」

陳哲凱不很認真地掃著落葉，塵土隨著每一次的撥動揚起，他忽然審視起眼前這個沉靜穩重的男孩，沒有把他放進選項是認為「他應該對感情問題不在意」，不過換個角度來看，偶爾越不關心的人越能客觀冷靜地給出絕佳建議。

反正他也沒別的人能問了，至少班長從各種角度看來都是個口風嚴實的人。

「有個問題想問，不過你不想回答也沒關係。」

「你想問什麼問題？」

「你有喜歡的人嗎？」

班長的動作頓了一下，似乎是沒有想過陳哲凱會和自己談論起感情問題，陳哲凱有些尷尬而更加粗魯地揮著掃把，卻讓灰塵嗆得忍不住咳了起來。

「我是有喜歡的人。」

班長的聲音落下得很突然，陳哲凱只能邊咳邊震驚，但對方臉上的神情恬淡得像是在聊天氣晴不晴朗；好不容易恢復正常，他想了一下，還是決定繼續往下問了。

「對方知道嗎？」

「嗯，我告白了。」

什麼？

這次陳哲凱愣得更久了些，班長依舊沒有動搖地從事著手邊的工作，說不定他從來沒有認識過真正的班長，這瞬間他突然湧生了某種崇拜，班長淡漠的臉彷彿閃耀著某種屬於男人的成熟感。

「然後呢？」

「她說會考慮。」

「那應該很有可能吧。」

「很難說。」班長忽然別開臉，彷彿在思考某些艱深的課題，「畢竟秦悠悠本來就不按牌理出牌。」

「是這樣沒錯啦。」

等一下。

他聽見什麼了？

剛剛好像聽見一個很熟悉的名字，不是吧，百分之九十九是他聽錯，但萬一是那百分之一怎麼辦？

「你說的是秦悠悠嗎？」

「嗯。」

「我們班的那個秦悠悠嗎？」

「這間學校只有一個秦悠悠。」

「所以你剛剛是說，你跟秦悠悠告白了？」

「嗯。」點了頭之後班長還很貼心地補充，「她說會考慮。」

「會考慮……？」

「因為小莓喜歡我，所以她可能會比較為難吧。」

——小莓喜歡班長？

班長真的非常擅長用冷靜的臉拋出爆炸性的內容，儘管陳哲凱臉上沒有明顯的動搖但內心卻翻騰不已，這種情節，如果沒有一點好感，不，如果只有一點好感也應該顧慮朋友而乾脆地拒絕他；說會考慮，意味著秦悠悠對班長……等等。

問題是還有一個神秘的優等生啊，牽著手陪她回家的那個優等生呢？

「陳哲凱你怎麼了嗎？」

「沒事。只是沒想到你會喜歡秦悠悠。」

「我也沒想過會跟你提起這件事。」班長的嘴角揚起淺淺的弧度，卻沒有愉快的意味，「掃得差不多了，回去吧。」

「嗯。」

班長很乾脆地轉身往回走，陳哲凱不自覺握緊掃把注視著他的背影，他的心揪得緊緊的；他一直以為自己能夠很坦然地面對「秦悠悠不喜歡自己」，也大言不慚地告訴沈芳蕾比起自己的喜歡他更想好好保護秦悠悠，只是當秦悠悠對其他人的喜歡離自己那麼近的時候，他才明白自己根本無法坦率面對。

□

「你一直瞪著我看幹嘛？」

「才沒有。」

「那就把頭轉到另一邊。」

「妳管我。」

雖然清楚喜不喜歡沒辦法依靠自由意志，理智上也警告自己「要博得秦悠悠好感就要表現得成熟穩重一點」，只是思緒一進行到「成熟穩重」這四個字他就會想起班長那張穩重冷靜又透著成熟感的臉，於是他便控制不住自己內心洶湧的煩躁與挫敗佐以淡淡的哀傷。

結果好像離「博得秦悠悠好感」的目標越來越遠了。

「沈芳蕾呢？」

「我怎麼知道。」

「上次你就知道。」

「反正我不知道啦。」

秦悠悠白了他一眼後沒有任何繼續互動的意思，他更挫敗了，一個人生著自己的悶氣走在她身側，有好幾次他幾乎要衝口問出「優等生跟班長妳到底喜歡哪一個」，在反覆的衝動與壓抑之後他終於意識到某一點：無論是優等生或是班長都屬於冷靜穩重的類型。

但他不是。

陳哲凱的心簡直像沉入深深的海溝一樣。

突然秦悠悠扯住他的手，異常用力地，迫使他不得不停止恍神同時停下腳步，他不知道秦悠悠的力氣居然大到讓他強烈感受到痛，只是他還來不及制止她就先察覺了她的顫抖。

「妳怎麼了？」

「往、往回走……」

只是兩個人還沒轉身陳哲凱就和站在她家門口的女人對上視線，她蹙起眉臉上染著與樸素裝扮全然不搭的嫌惡，不是朝著他來而是筆直地射向秦悠悠。

她僵硬地鬆開手，留在陳哲凱手臂的痛楚反而在她放手後逐漸膨脹；秦悠悠定格在原地，但女人帶著濃重的厭惡一步步走近，他往前跨了一步試圖擋住秦悠悠的視線，縱使那不過是種徒勞。

女人猛地就給了秦悠悠一個毫不留情的巴掌。

「妳做什麼啊！」

陳哲凱不能理解現狀，但秦悠悠沉默地扯住他，其實他也明白自己沒有插手的餘地，但他怎麼能忍受……怎麼能忍受她臉上鮮明的掌痕？

女人冷冷地瞥了他一眼，彷彿決定把他和秦悠悠圈劃在同一區而給了等量的厭惡，沉默沒有持續太久，如同女人毫不遮掩的神情，即便是多一秒鐘女人都不願意多待。

「思愷因為妳缺課了嗎？」

「對不起。」

「妳以為這種廉價的對不起有什麼用處？不要拖累思愷的人生，既然要搬走就不要裝可憐，妳和那個女人都一樣。」

女人自顧自說完話便轉身快步離去，像要遠離什麼骯髒的存在一樣，連背影都讓人不快；只是陳哲凱無暇顧及那個女人，他注視著身旁一動也不動的秦悠悠，胸口簡直被撕裂一樣。

他抬起手輕輕貼上她的臉頰。

「痛嗎？」

「還好。」

「要借十分鐘嗎？我有很多十分鐘可以借妳。」

「你不問嗎？」

「不想說就不要勉強自己說。」

陳哲凱微微施力將秦悠悠拉進懷裡，讓她的臉貼放在他的胸口，他斂下眼，想著方才那個無用的自己，明明就站在她的旁邊卻保護不了她；他咬著牙身體跟著繃緊，也許驚擾了秦悠悠，她反而抬起手緩緩環住他的腰。

「那種狀況誰都做不了什麼的。」

「可是——」

「這個世界就是這樣，比起自己想要的，更多是不想要的，所以我已經學會不要去考慮想要或是不想要這種事了，總之擺在面前的，既然不能擺脫，也就只能那樣了。」

「說這種話不像我認識的秦悠悠。」

「所以覺得討厭了嗎？」

「不管是什麼樣的秦悠悠我都不會討厭。」陳哲凱安靜地說，「可是我會覺得難過。」

「難過什麼？」

「因為我，什麼都做不到。」

「這樣就夠了，就算你覺得沒什麼，但像現在這樣，對我而言就已經夠了。」

06 就站在這裡，哪裡也不去

我的臉頰黏附著熱辣的灼燙，任憑陳哲凱小心翼翼的用毛巾擦拭冰敷，其實沒什麼的，雖然想這麼說卻開不了口；在他的面前彷彿我所擅長的那些勉強突然都忘了怎麼展現，抿著唇我僵直地注視他緊鎖的眉心，而他緋緊的臉部線條藏匿不住他的忍耐。

他很氣憤。

兩個人之間像是立場交換一樣，我反而是當中比較無動於衷的那方，對於她蠻橫的舉動我絕對稱不上習慣，甚至非常訝異；儘管相當厭惡我，但我想她對我厭惡包含了不願意觸碰我的一切，而她今天不但逼迫自己出現在我面前還壓抑不住地動手，仔細想想，十之八九是和江思愷發生爭執了。

而起因是我。

從小到大江思愷都屬於乖巧聽話的類型，當然，我想那絕大部分是由於他很清楚自己擺出什麼樣的姿態他的母親便會退讓。除了我之外。不得不說他對我的維護擴大了他母親的憤恨，但也沒有其他更好的方法了，無論如何我都是他母親心尖的一根刺，那麼或深或淺也不那麼重要了。

「我以為只要努力，只要時間慢慢過去，我媽總會慢慢放下心裡的結，也能慢慢想通她的痛苦從頭到尾就跟妳沒有關係；但我發現或許我是錯了，也許在她的心裡這種頑固的恨意反而是一種支撐也說不定，爸是一個很爛的男人，他傷害了所有人，但承擔結果的人卻不是他……這不公平，最不公平的是現在就算追究這些也沒有任何用處，我只是想說，在我媽的心中妳就是一根刺，拔不起來的刺，但妳要記住，這根刺不是妳扎的，所以妳不需要負任何責任。」

這是在我說想搬離的那個晚上他對我說的話。

我反覆想了幾次，也許每個人的人生裡總會遇上幾個死結，既解不開也找不到足夠銳利的剪刀，就好像只能那樣擺著了，不管是逃、是忍，又或是窮極一生進行著徒勞無功的努力，打成死結就無解了；也許這就是他想對我說的，但指的不是他母親心底的死結，而是我的。

「還很痛嗎？」

「有一點。」

「那再多冰敷五分鐘好了。」

「陳哲凱。」

「嗯？」

「你為什麼要對我那麼好？」

「朋、朋友哪有什麼好不好的，妳們女生就是想太多。」

「大概吧。」

我安靜地注視著陳哲凱，他頰邊帶著不很明顯的潮紅，不自覺伸手碰了碰，卻觸摸到了預期之外的熱燙；這時我緩慢地將整個掌心貼上，像他方才用掌心緩和我的臉頰疼痛一樣，但似乎沒什麼用處。

結果是我的掌心也變得熱熱燙燙的。

「差、差不多了，我該回去了。」

「喔。」

陳哲凱動作有些僵硬，他起身卻像是忘了下一步的動作般倉皇地抓起書包，這時候閃過我腦海的居然是「孤男寡女應該很好下手吧」，既然他信誓旦旦地說他絕對不喜歡沈芳蕾，那麼無論他心底放著誰其實我也不那麼在乎。

下定決心也就是那麼一瞬間的事吧。

這些日子以來我搖擺不定的感情可能不僅僅由於沈芳蕾，更多的是屬於我自身的害怕，關於預期之外的期待與喜歡，縱使屬於他的重量隨著相處逐漸加深加重；然而只要他以某種親密的形式待在我身邊，我也就能獨自平衡內心的拉扯，至少我是這麼認為的。

到底我還是高估了自己。

又或者低估了所謂的喜歡與貪求。

在陳哲凱將我攬進懷中的那一瞬間，就是那麼一瞬間的念頭，我想獨佔這個人的擁抱，想獨佔這個人的溫度，無論他心底放著哪個人都無所謂了，讓我成為一個卑鄙的人也沒關係，讓我攤開所有脆弱平放在他面前也可以，只要能讓他只屬於我一個人，即使背叛整個世界、又或甚至背叛自己我都不在意。

然而隨之而來的是極其猛烈的害怕。

那個念頭，像是證明了我確確實實和媽是相同的女人，而我對她的恨彷彿裂了一道縫隙，從中我看見被藏匿的自己。

「留下來陪我。」

於是我突然伸手扯住正欲離去的陳哲凱，他略顯詫異地回過頭，可能在他面前映現的是一個陌生的秦悠悠，但這一刻，我也不真的那麼瞭解我自己。

「妳說什麼？」

「我不想一個人待在這裡。」

他深深望了我一眼，彷彿在內心做了什麼樣的決斷般輕輕點了頭，他轉身朝我走來，有些拘謹地在我身旁坐下。

我緩緩靠上陳哲凱的肩膀，清楚感受到他微微的顫動，閉上眼睛我忽然感覺好睏好睏，像是長久以來的勉強與忍耐終於落地安放，於是身體便湧上一股非常疲倦的睏意。

醒來之後會變成什麼樣子呢？

我不知道。

也許我又會拾起好不容易落地的勉強和忍耐，重新回到起初的秦悠悠；又可能我從此成為了一個願意攤開脆弱的秦悠悠，放任自己以自私的方式將陳哲凱留在身邊。

明天的事誰知道呢？

至少很久很久以後當我回想起來時，這個夜裡，我不是孤零零的一個人。

□

秦悠悠睡著了。

太不可思議居然能以這種不舒適的方式睡著，陳哲凱一邊佩服一邊偷覷著她的睡顏，怎麼這麼可愛，雖然沒有其他人但他還是困窘地摸摸自己發燙的臉頰，接著又不由自主地往右邊瞄去——

等等。

這一瞬間，不、不只，接下來的一瞬間、下一瞬間、下下一瞬間和無數個瞬間都只會有她和他，獨處，這兩個字如青天霹靂一般狠狠砸了下來，他甩了甩頭，不行，為人要正直千萬不能產生不純潔的邪惡思想，但越是抵抗那所謂的邪惡概念便更加洶湧，陳哲凱乾渴地嚥了下，最後視線還是定格在秦悠悠粉嫩的臉龐上了。

更糟糕的是，視線默默往下移，這次膠著在她紅潤的嘴唇上……

不行。

絕對不行。

他好不容易成為秦悠悠願意依靠的朋友了，怎麼可以糟蹋她的信任，但他的目光又轉了回去，來來回回無數次，也一點一滴消磨掉了他曾經引以為傲的強韌意志。

「這樣很卑鄙……」

「不可以……」

「秦悠悠發現會把我扔進地獄的……」

然而這一切的一切都抵擋不了少年的遐想，他小心翼翼地低下頭，以拙劣的姿態將自己略顯乾澀的唇貼上少女水潤的唇畔，那短短零點零一秒鐘，少年的小宇宙猛然爆裂，他迅速地拉回身體，拚命吸氣以拯救自己幾乎缺氧的腦袋。

但下一秒鐘他完全石化了。

前方。正前方。佇立著梅杜莎。

不是梅杜莎，是臉色難看至極的優等生。

他是現行犯沒什麼好解釋的，而且這個優等生憑什麼用那種可怕的眼瞪他，轉念一想陳哲凱忽然理直氣壯起來了，除了秦悠悠以外，他對誰都不需要解釋。

但優等生面色陰鬱地走近，不由分說地抱起他身旁的秦悠悠，陳哲凱用力地抓住他的手制止優等生，怕驚擾了沉睡的少女刻意壓低了音量：「你想做什麼？」

「抱她回房間。」

「你憑什麼抱她進去？我來就可以了。」

「憑我有這間屋子的鑰匙。」

優等生拋下了這句話後陳哲凱只能眼睜睜地看著少女被納入他的懷裡，胸悶鬱結又氣憤，他握著拳緊跟在優等生後頭，雖然不該這麼說，但他這麼正直的人都不小心偷親秦悠悠了，難保狀似正人君子的優等生會做出什麼壞事來。

但他有鑰匙——

算了。陳哲凱乾脆地放棄這個現實。

優等生溫柔輕緩地將秦悠悠放上柔軟的床鋪，仔細地蓋上棉被後轉頭又是張地獄來的臉孔，他以盡可能不發出聲音的方式帶上門，隨後揮出讓陳哲凱措手不及的一拳。

怎麼可以打臉？

「你做什麼？」

「我才要問你剛剛對悠悠做了什麼？」

「那、那是……」陳哲凱氣勢完全弱了下來，但對方可是敵人，就算死撐也不能認輸，「我為什麼要跟你解釋？」

「我是悠悠的哥哥，這個理由夠嗎？」

「你說什麼？」

他有聽錯嗎？

陳哲凱的戰意全消，往後踉蹌了一步，是哥哥有鑰匙也很合理，不知為何他鬆了很大一口氣，假想敵一號原來根本不是敵人，這麼一想他居然開心地笑了出來。

「你笑什麼？」

「所以你是秦悠悠的哥哥。」

笑靨如花。完全不合時宜的表情映現在陳哲凱臉上，江思愷原先不快的心情突然顯得微妙，他粗魯地踹了陳哲凱一腳，示意他到沙發坐下。

「剛才的事我晚一點再跟你算帳，你先告訴我今天發生什麼事了。」

聽見優等生緊繃的聲音他的理智終於被拉回，這次換他蹙起眉，審視起眼前的男孩，「你是叫什麼思愷的嗎？」

「嗯。」

「有個女人說你缺課，然後就打了秦悠悠一巴掌。」江思愷咬著牙全身肌肉緊繃得和他溫文外表全然不搭嘎，大概是很複雜的家務事，陳哲凱理解了什麼並沒有多問的意思。「我知道這不是我能插手的事，但秦悠悠被打了還跟那個人道歉，我覺得這樣很奇怪。」

「我知道。」

「秦悠悠說她不想一個人待著，所以你去房間陪她吧，我想你也不會讓我去。」

「當然不會讓你進去。」江思愷連想都沒想就否決這個選項，「但今天謝謝你。」

「你不用說謝謝，因為這是我想替秦悠悠做的。」

「你喜歡悠悠嗎？」

「嗯。」陳哲凱乾脆地點頭。

「但我不喜歡所有喜歡悠悠的男生。」

陳哲凱沒想到優等生的嘴巴居然這麼壞，但優等生對他笑了，儘管是一邊笑一邊把他的書包外套扔給他還推著他往門外去，不過有他在秦悠悠身邊應該是可以放心。

「對了。」

「什麼？」

「你覺得我該不該把剛剛看見的事告訴悠悠呢？」

「不——」

陳哲凱才發出一個音門就被乾脆地闔上了，他呆愣愣地瞪著前方的空白，頹喪地以頭撞了幾下冷硬的門板，果然做壞事絕對會有報應……但他又突然想起秦悠悠那柔軟的唇，陳哲凱一邊頹喪一邊害羞，接著又多撞了幾下門板卻連痛都是熱燙的。

□

醒來的時候我看見江思愷的側臉。

他趴在床邊睡著，床頭的鬧鐘顯示五點二十分，大概是昨晚睡得太早而自動醒了，但這解釋不了為什麼待在這裡的人是他而不是陳哲凱。

我安靜地走出房外，黑色的手提行李包擱在沙發上，無論故事情節是什麼，大概脫離不了江思愷為了我和他母親起了爭執，而這次他索性離家出走；但換個角度想這也不算離家出走，這間房子是爸的，他想住進來也沒人能夠反對。

「不多睡一點嗎？」

回過身我迎上他惺忪卻帶著濃濃笑意的臉，他摸了摸我的頭，看見他穿著居家服我才想起來自己身上還是前一晚的制服；陳哲凱的臉龐滑過我的意識，答應我留下來的他不會不守信，那只會是江思愷讓他回去了。

「陳哲凱呢？」

「那個男生嗎？」他撥了撥瀏海，表情像是想起某種糟糕的生物一樣，「我讓他先回去了。」

「喔。」

「男朋友嗎？」

「不是。」

「這樣啊。」江思愷點了兩下頭，沒有繼續追問的意思，反而話鋒一轉，「我暫時搬過來這裡，悠悠不會趕我走吧？」

「我去洗澡。」

「悠悠。」他忽然喊住我，感受到他聲音中透露的嚴肅因而我沒有回頭，

「妳不用擔心。這是我的決定，雖然有衝動的成分在裡頭，但我不止一次說過

我要搬過來，所以——」

「我知道，但我只是希望你能多考慮一點那個人……我不會說她所做的一切我都無所謂，只是，在你眼裡我就是那樣孤零零的，所以你想陪在我身邊，可是她也一樣，除了你之外，她沒有其他依靠了。」

「如果妳能多考慮一點自己的話也許我就不會那麼擔心妳了。」

「我怕自己成為一個自私的人。像我媽。像爸。也像你媽。他們每個人都太自私了，所以我不希望自己變成那樣……可是，我好像有一點明白了，有些時候可能是太想要某樣東西了，才會不顧一切地伸手，不在乎傷害別人，也不在乎傷害自己，只要能稍微靠近那樣東西就好……」

「妳有了那樣的東西嗎？」

「可能吧。」

沒有繼續話題的意思我逕自往前走進浴室，帶上門我旋開水龍頭讓冰水撲打上我的臉頰，我第一次和江思愷說那麼多話，縱使過去也常有許多話想對他說，被欺負的時候，難過的時候，有人跟我告白的時候，還有很多開心的時候，都想把生活的全部告訴他；但我很害怕一旦兩個人太過親近了，我和他母親對他產生的擠壓又會更劇烈，也許在他眼裡我只是個無辜的孩子，但他總是忘了，他自己也同樣是個無辜的孩子。

嘆了口氣我胡亂地沖了冷水澡，我卻低估了早晨水溫的凍人而被一陣刺痛緊密包裹，無暇多想只能盡可能快地結束淋浴，抓了毛巾沒完全把身體擦乾就套上衣服，帶著濕漉漉的髮離開一室寒冷的水霧。

踏出浴室時客廳的沙發上端坐著兩個少年，並且精準地在同一剎那轉頭望向我。

我確認了掛鐘上的時間是六點沒錯，蹙起眉我沒有靠近的意思，但我不走過去不代表兩個少年會安分地待在原位；昨晚必然發生了什麼，看江思愷對陳哲凱採取的小動作就一目瞭然，像在卡位一樣暗自推擠，我突然有股深深的無奈，無論多早熟的少年總歸還是少年。

當然我也還是少女，所以我決定當作什麼也沒察覺。

「昨天我本來想留下來的，因為答應妳了，但有人硬是把我趕走。」

「你真的想討論昨天的事嗎？」

「過去的事就讓它過去吧。」陳哲凱故作老成地拍拍江思愷的肩，「秦悠悠我沒有遵守約定所以請妳吃早餐吧。」

「我妹妹的早餐不需要你來請。」

「聽說名門高中的早自習都要考試，秦悠悠的哥哥你還是先去念一下書吧。」

「平時有念書不需要臨時抱佛腳，這種道理不知道這位我妹妹的普通同學明白嗎？」

「秦悠悠的哥哥你不知道太過自信會變成一種驕傲嗎？」

「稍微提醒一下我妹妹的普通同學吧，人的驕傲首先需要有某種基礎，有些人就算想要驕傲也找不動東西踩。」

看著兩個平時冷靜穩重的人幼稚地鬥嘴我不小心噗哧笑了出來，少年們愣了下才略顯困窘地故作姿態，咳了兩聲假裝鎮定但仍然用著眼神挑釁著對方；偏著頭我想著，人總要有些決斷才能改變凝滯的現狀，於是我往前踩了一步拉了拉江思愷的手，他給了陳哲凱一個得意的小眼神。

真是孩子氣。

「不順路，我跟陳哲凱走就好了。」

「反正還那麼早。」

「你昨晚應該沒睡好。」

這次換陳哲凱露出邪佞的小人笑，我抬起腳踹了下他的屁股，努了努嘴讓他先去門口等，而他邊揉著臀部邊踩著輕快的步伐朝外走去；凝望著他愉快的背影，我突然想，即使是如此慌亂麻煩的日常也不那麼讓人討厭。

「不要跟我說妳喜歡那個傢伙。」

「才沒有。」

「我反對到底。堅決地。」

嘆了一口氣我決定放棄這個話題，甩了甩手慢吞吞地走向門外，很慢很慢，但我知道打開門陳哲凱就在那裡等著便有股強烈的安心感；拉開門迎上的是他燦爛無比的笑容，我不自覺伸手碰了碰他的臉，這是真的，如此燦爛的笑容也是真的。

醒來之後我的答案呢？

我想，對於陳哲凱的貪戀也許早已超出了我的控制也說不定。

「妳……還好嗎？」

「沒什麼不好的。」

「好吧。」陳哲凱顯得很乾脆，儘管眉宇間仍帶著細微的憂慮卻慢慢散去，「反正我會陪在妳身邊。」

他的聲音輕輕的，卻猛烈地撞擊著我的胸口，我想斂下眼卻不由自主抬起頭望向陳哲凱的側臉，沐浴著晨光讓他的輪廓顯得模糊又曖昧。

我不由自主輕輕伸出手觸碰上他的臉頰，他顫了一下有些詫異地轉頭卻沒有更多的反應，這是第二次了，確認，反覆地確認，眼前這個人是真的存在。

如果時間能永遠暫停在這一瞬間該有多好。

不需要考慮他心底放著的人是誰，不需要在乎下一步能走到哪裡，也不需要害怕他會不會在眨眼之後轉身離去。

我一直認為所謂的割捨是很容易的事，無論疼痛多麼劇烈都能咬牙撐過去，所以媽離開的時候我沒有喊住她，江思愷伸長了手我也沒有握住，又或者是沈芳蕾、小莓以及某些曾經試圖給我些什麼的人們；並不是不想要，而是我總是怕，即便盈握在手中，不是我的便不是我的。

對不起。

我想我一輩子都忘不了那天夜裡媽柔軟而幽長的嗓音，除了這三個字她什麼也沒有說，但卻清清楚楚讓我明白、我是被捨棄的那一個。

那麼不要屬於哪個人，也就不會被捨棄了吧。

只是現在我居然有了「即便如此也想擁有」的渴望，深深望了他一眼後我放緩了腳步最後停了下來，恰好站在他身旁。衣袖若有似無地刷過他的。

「陳哲凱。」

「怎麼了？」

「在這裡站一下吧。」

「不舒服嗎？」

「沒有。」我揚起淺淺的笑容，安靜地凝望著眼前的少年，總是擺著一張臉心底卻熱熱燙燙的，「就只是想多待一下下。」

我只是想、仔仔細細地記住這一個寧靜的早晨。

有你。

也有我。

07 你就是我的答案

寧靜也許總是那麼短暫而不能抓握，瞇起眼我靠在窗邊沉默地注視著走廊中央的兩個人，不遠處圍了一大群人卻沒有任何喧囂，彷彿每個人都屏住呼吸深怕擾亂了眼前的光景。

沈芳蕾和陳哲凱正是圓的核心。

太過荒謬的現狀反而讓我的思緒沉靜了許多，我緩緩思考著這些日子沈芳蕾的扭捏與不自在，像是在懷裡藏些什麼不可告人的秘密，對上我的視線時略顯慌亂地別開眼；但我不是太過在意，無論是些什麼，也許過一陣子她就會忍不住全盤托出，沈芳蕾就是這樣的一個女孩，臉皮薄又怕我調侃但最後總是會端出秘密來。

上一次她喜歡上某個男孩也是這樣，忍了兩個月才以拙劣的方式分享一個「是班上同學絕對不是我而就算是我也還是不是我」的青澀暗戀故事。

這次呢？

兩個星期又或者更短。

不是，我想扯開笑卻力不從心，這陣子沈芳蕾確實有顯著的不同，有陳哲凱在的場合特別嚴重，只是我刻意忽略，大概是忽略得太過盡力了，而一時間無法掌握現狀。

「那封信，你還沒有給我答案。」

冰山校花清冷的嗓音透著一絲顫抖，她踩著所有人對校花高不可攀的印象走到了少年面前，沒有安靜嚥下少年的沉默作為答案，而是堅定地站在眾人面前，再一次遞出自己的感情。又或者自尊。

但那封信根本不是沈芳蕾寫的。

陳哲凱很清楚這一點。

從我的角度看不見沈芳蕾的神情，卻能清楚瞥見少年眉心幾乎要打結一般緊緊聚攏，我的心思兜兜繞繞，猜想他的表情究竟是思索著「秦悠悠的惡作劇實在太可惡了」又或者認真考慮起少女捧上的喜歡呢？

終於他打破僵持了。

「我不需要給妳答案。」

信也不是她寫的。

陳哲凱這時候也滿聰明的，雖然雲淡風輕地想著但我的手卻不由自主顫抖著，喉嚨異常乾渴而我想伸手拿取桌上的水瓶卻發現自己的肢體竟然僵硬得難以移動；沈芳蕾的舉動狠狠踩上我的心臟，這一刻我終於察覺那份痛楚並非來自於「我和沈芳蕾的感情相互衝突」，而是她拿出了我所缺乏的勇敢。

「信的事情就算了。」沈芳蕾深吸一口氣，背影散發著某種堅毅，「陳哲凱，我喜歡你，所以我想要你的答案。」

「妳──」

他的臉繃得非常緊，牙也狠狠咬在一起，彷彿信了眼前的女孩不是惡作劇，一時間顯得有些恍惚。

陳哲凱不喜歡我。也不喜歡沈芳蕾。

為了把話說得清清楚楚，陳哲凱幾乎像是發誓一樣在我和她還有冬冬面前又把話提了一次，惹得沈芳蕾氣鼓鼓地和他吵了好幾天。

她明明知道的。

但我選擇安穩地待在這段比其他人靠近卻又不能貼近的距離，而沈芳蕾卻乾脆地踩上界線，試圖讓自己得到某種更果斷的結論。

她再也不是那一個需要我保護的愛哭小女孩了。

沈芳蕾已經強大到能夠站在眾人的眼光中心只為了得到一個句點。

結果兩人之間懦弱的是我。

「我已經有喜歡的人了。妳很清楚。」

「就算是那樣我也還是喜歡你。」

陳哲凱有些無奈地嘆了口氣。

「妳知道妳現在在說什麼嗎？」

「我當然知道。」沈芳蕾的話語流暢許多，簡直到了無視旁人的地步。「但我沒有猶豫的餘地，因為很想很想做些什麼，而我能做的，也就只有這樣而已。」

「沈芳蕾……」

「反正，只要你也還沒有得到你的答案，我就沒有必要放棄。」

沈芳蕾拋出句點後便瀟灑地轉身，這一刻我才看見她的表情，泛紅的雙頰與有些蒼白的唇透露著她耗盡多少力氣才站在人群中央把話說完；她斂下眼沒有看任何人，踏著安靜的腳步默默走出圓的中心，她踏出的瞬間彷彿解除了某種禁制而爆出了大量喧囂，突顯了還留在中央的少年的沉默。

陳哲凱望了我一眼。

我讀不出他眼底的流轉，他沒有走進教室反而往操場的方向走去，但我知道他大概是想到保健室沉澱思緒；即使明白他需要安靜我卻沒有辦法多想，起身穿過人群踩著他走過的痕跡前去。

然而他突然停下了腳步。

我以為他察覺我的尾隨正想出聲卻又瞥見女孩的裙襬，這次，站在陳哲凱身後的我確確實實對上了沈芳蕾漂亮的眼眸。

順著她的目光陳哲凱旋身終於發現我的存在。

「對不起沒有告訴妳。」

「妳沒有非得要告訴我的義務。」

「我知道。」沈芳蕾的臉色忽然有些黯淡，「我本來想，說不定妳會有一點生氣……我從以前就很怕惹妳生氣，雖然妳一直很照顧我但說不定哪天就把我推開了，可是，這次我下定決心了，就算妳會很生氣我也不會後悔。」

我沒有生氣。

這是真的。

但我還是不自覺別開眼，這一瞬間的沈芳蕾閃耀著太過強烈的光亮，殘忍地映照出我內心的幽暗與膽怯。

結果到最後，我連一句話都沒有對她說。

□

事情為什麼會突然演變到這種地步？

陳哲凱整個人浸泡在恍惚的黏稠液體當中動彈不得，他本來想著興許又是秦悠悠心血來潮的惡作劇，畢竟當初的情書也是她放的，何況沈芳蕾好歹也算是他商討感情問題的伙伴；只是她堅定的神情不像是假的，陳哲凱不是很擅長這些於是他花了很長的時間非常仔細地觀察她的臉部肌肉，卻找不出任何破綻。

但為什麼要在公開場合向他告白？

陳哲凱想不通。

稍微冷靜下來就能感覺到不合理，分明兩個人就有許多獨處機會，他焦躁地踱著步，不久前秦悠悠那張緊繃的臉滑過他的思緒，他頓了一下，該不會……該不會沈芳蕾是為了斬斷他和秦悠悠的所有可能？

她喜歡自己到這種地步了嗎？

不對，說起來他寧可相信沈芳蕾暗戀秦悠悠，難道……陳哲凱甩了甩頭，他一點也不擅長這種迂迂繞繞的感情問題，必須速戰速決，曖昧想像發酵的劇烈程度不是他能預想的；於是他斷然起身，大概是太斷然了又或者現下四周的人正密切關注他的一舉一動，總之他一站起身便吸引了眾人的目光。

包括秦悠悠的。

咬著牙他讓自己收回視線，事情要一件一件依序解決才不會搞成一團，他大步邁開逕直往沈芳蕾的教室走去。

距離震撼的校花告白還不過半天，黏附在他肌膚的視線灼燙到有些難以承受，想了一下他放棄請人傳話，而是霸氣地闖進教室略顯粗魯地扯住沈芳蕾的手將她帶離眾人的目光。

他絲毫沒有考慮到自己的舉動會衍生出什麼樣的故事情節。

「你要做什麼啦？」

把沈芳蕾帶到僻靜的角落後他很快地鬆開手，掌心留下冰冰涼涼的觸感，秦悠悠的手也是這樣，也許女孩子的手都是冰冰涼涼的，陳哲凱隔了幾秒鐘才回過神來。

「我不喜歡妳。」

「你剛剛說過了。」

「我喜歡秦悠悠。」

「這個我很早就知道了。」

「那妳為什麼要在所有人面前向我告白？」

「不行嗎？」

「是為了不讓秦悠悠喜歡我嗎？」陳哲凱居然在這一刻想起班長說過的話，情敵二號，他都還來不及考慮這件事，「還是，要讓我打消任何對秦悠悠的念頭？」

「隨便你怎麼想。」

「沈芳蕾！」

「你的喜歡是你的事，所以我的喜歡也是我的事，我想在哪裡告白，想怎麼樣告白，都是我開心。」沈芳蕾鼓起臉頰，像是真的生起氣來了，「如果沒別的事我要回去了。」

但陳哲凱跨了一步擋在她的面前。

「我很喜歡秦悠悠。」

「這你沒必要一直說。」

「沈芳蕾，我真的很喜歡她，喜歡到偶爾會想把她可能會喜歡的人都剷除掉，可是偶爾又會想把她喜歡的人帶到她面前，喜歡到我根本不知道我自己到底要怎麼辦……雖然很抱歉，但我真的分不清楚妳的告白是真的還是惡作劇，我會當作那是真的，所以我覺得要讓妳知道，因為我很喜歡秦悠悠，所以就算妳跟她是很好的朋友，就算她因為妳的喜歡而疏遠我，我還是會想辦法陪在她身邊。」

他說。

非常清晰地。

「這樣的我一定會傷害到妳，但是，我還是會這麼做。」

□

我的心緒一直沒辦法鎮定。

不僅僅由於沈芳蕾突如其來的告白，更多的是因為來自於陳哲凱拉著她離開的那一幕。而那電影一般的畫面像是一種說明，填補了眾人的曖昧想像，也深深在我心底扎了根。

我不想見到他們之中的任何一個。

但沈芳蕾清麗的身影仍舊佇立在路口，差一點我就往後退了，但斂下心神後我還是走上前，迎上她欲言又止的神情。

很長一段時間誰也沒說話。

「我知道妳喜歡陳哲凱。」

我倏地頓下腳步，抬起眼望向落在我後方大約一個跨步距離外的美麗少女，我很早就知道了，她又說了一次。

「所以呢？」

「不是想解釋，但我本來、本來想忍耐的……可是我的喜歡超出了預期，在這之前我也不知道自己是這樣的一個人，就算對自己說了上千遍『不可以傷害悠悠』，但結果卻用了最傷害妳的方式讓妳知道。」

「妳沒有傷害我。」

「就算是這樣，但我沒有選擇私下告白……因為在其他人心裡我本來就喜歡陳哲凱，但起初那封信不是我寫的，就算結果一樣但對我來說完全不一樣。」她深深吸了一口氣，「我對他的喜歡，我想自己給。」

她的聲音蠻橫地刺進我的心坎。我甚至無法抵抗。

「……是嗎？」

「悠悠……」

「我家到了。」

別開頭我沒有接續對話的力氣，甚至連預告也沒有便邁開步伐，急迫地想躲進哪個只有自己的場域；她似乎又喊了我幾聲但我沒有理會，抵達門前我粗魯地插進鑰匙猛力拉開門，無暇控制力道而讓門過於大力地撞上門框。

匡——的一聲。迴盪在空無一人的客廳裡頭。膨脹了我的逃躲。

「我到底在做什麼……」

蹲下身將臉埋進掌心中，沈芳蕾堅定的神情簡直像黏附在我的意識一樣，還有那一幕，陳哲凱拉著她往前走的畫面，我咬著唇卻沒有料想到自己的眼淚居然落了下來。

我喪失了對時間的具切感知，大概過了很長一段時間，我頰邊的淚早就乾了並且造成難受的緊繃感，而長時間保持著蜷縮的動作也讓身體非常僵硬，因而在門被拉開時我完全無法反應，慢了好幾步才想起來江思愷離家出走這件事。

「悠悠？」

我聽見書包被扔在地板的聲響，江思愷蹲下身小心翼翼地碰了碰我的肩膀，既然站不起來我也不打算勉強自己，但我不想面對任何人，於是便把頭埋得更深。他沒有探問而是溫柔地拍著我的背，直到我掙扎起身他也不發一語地扶著我走往沙發。

「晚餐吃了嗎？」

「不餓。」

「我泡牛奶給妳喝吧，不然胃會不舒服。」

「今天……」

「嗯？」

「沒事。」

他將溫熱的馬克杯塞進我的手裡，我啜飲了兩口就擱往桌上，他沒有勉強我卻突然伸手將我攬進懷中，太過詫異而讓我反應不及，結果就這樣乖順地維持太過親暱的現狀了。

「人總要做些什麼才能改變現狀。」他的嗓音伴隨著震動確確實實傳遞而來，「以前我總是小心翼翼，怕傷害妳，也怕刺激我媽，我明白這一切很複雜，不管怎麼選擇都不會是正確答案，但人還是得面對選擇；我希望我媽對妳好一點，所以也不敢太親近妳，可是那天我忽然想通了，只要我心底放著妳，或者只要爸心裡有妳，大概她永遠都不能接受妳……既然如此就沒什麼好顧慮了，該怎麼說呢，左右都想顧及這種貪心大多都不會成功，那麼就算了吧，我更乾脆地對妳好，反正不管我做什麼她都會認為是妳的錯，那妳以後不要見她也好。這樣輕鬆多了，所以妳也不要忍耐，就算跟她對罵也無所謂，反正無論怎麼做她都不會看開，那就隨心所欲吧。」

「這不像你會說的話。」

「大概吧，對我來說兩邊都是重要的人，兩邊都很在乎，所以比旁人更看不透吧。」

「嗯……」

「所以妳也不用顧慮了，我是妳哥哥啊，讓妳依賴本來就是應該的，就算幫不上什麼忙，但悠悠妳要記住，妳從來就不是一個人。」他隱隱嘆了口氣，「讓人孤獨的並不是身旁沒有人能夠依靠，而是一個人不願意依靠別人。」

我垂眼盯望著馬克杯上的米老鼠圖案，忽然失去了焦點逐漸糊成一片，長久以來我所拚命禦築的牆垣的砂土安靜地崩落；我想起陳哲凱那句帶著沙啞的話語，我知道妳痛，他說，沒有同情也不是為了伸出援手，而是一種簡單的陪伴，也許那瞬間早已註定了某些什麼。

「……我喜歡那個男生。」

「我知道。」這次他很明顯地吐了一口氣，「但我一點也不想在這種溫馨的時刻討論那傢伙。」

「幼稚。」

「我本來就是青少年。」

「沈芳蕾也喜歡他。」

「是嗎？」他嘖了一聲，「那傢伙到底有哪裡好。」

「感想就這樣嗎？」

「嗯，我想妳會很在乎芳蕾的感受，但換個立場，妳會希望她為了妳壓抑住自己的喜歡嗎？但我真的看不出來那傢伙到底好在哪裡。」

我不小心笑了出來。

「他是沒有多好。」抬起頭望向他，「但就算他沒那麼好而且有一堆缺點也還是喜歡他，這樣是不是很糟糕？」

「嗯，糟透了。」

「可是我覺得很踏實。因為，他是真的。從他身上得到的一切都是真的。」

「我真的很討厭那傢伙。」

「但他不喜歡我。」

「如果他和芳蕾在一起，妳會不跟芳蕾繼續當朋友嗎？」

「不會。就算必須花上很長的時間讓自己沉澱，但不會改變的事就不會改變。」我離開他的胸前大力伸展著上半身，同時吐了一口重重的氣，「我好像把事情考慮得太過複雜了。」

「嗯，所以趁早把那傢伙忘掉吧。」

「也是。」

「果然是我的悠悠——」

「所以我打算告白。」

「妳說什麼？」江思愷錯愕地瞪大眼，滿臉不可置信，「憑什麼要妳低頭？事情的順序不應該是這樣的。」

「什麼意思？」

「沒什麼……我只是越來越討厭那傢伙了。」

□

頓悟大概就是這麼一回事吧。

並不是憑空降下靈感，而是經過漫長的鬼打牆最後猛力一撞把牆給撞開了，早上沈芳蕾特地站在門外，開口的第一句話卻是「我把陳哲凱趕走了」。

結果我預備好的台詞完全拿不出來，愣愣地注視著她漂亮的臉龐最後毫不客氣地笑了出來。

「妳不用在意，妳沒做錯什麼，應該說妳做的是對的，所以我決定告訴陳哲凱我喜歡他，至少話說完了就不會胡思亂想了。」

「什麼？」

「很錯愕嗎？」

「嗯。」沈芳蕾重重地點頭，鼓起臉頰狀似在生悶氣一樣，「為什麼要妳去告白……」

「我沒聽見。」

「沒事。」

我扯了扯嘴角並伸手搭上沈芳蕾的肩，她詫異地直盯著我瞧，還不斷唸著「從這裡開始會有我們學校的人」、「學校快到了」、「被看見了」之類的話，但卻藏不住她唇角的笑意；如果要逼她在我跟陳哲凱之間選擇的話，這傢伙應該在猶豫之後還是會選擇我吧。

那為什麼又要告白？

想不透。

果然喜歡這種感情神秘到讓人無法以邏輯推斷，既然如此就乾脆捨棄邏輯，甚至在校門口遇上了板著臉大概是在等著我和沈芳蕾的陳哲凱時，我還愉快地抓起沈芳蕾的手跟他打招呼。

我想不透的事當然要讓所有人也跟著想不透。

於是我走到了陳哲凱的面前。

「跟我出來。」

「喔。」

一早我搭著沈芳蕾的肩走進學校，現在又讓陳哲凱跟在我身後走上頂樓，我想這陣子應該沒有人會覺得無聊。不要興風作浪，陳哲凱曾經咬著牙這麼警告我，但每次他卻都是站在浪頭上的那一個。

抵達頂樓之後我旋過身面向他，頰邊掛著淡淡的笑，他好像不怎麼喜歡我的招牌燦笑，偏著頭我仔細地想著，而他安安靜靜等著我說話。

「有些話想對你說。」

「妳想……說什麼？」

兩個人之間一個跨步的距離，偶爾會近一些，偶爾又會遠一點，如果可以的話我想踩過這段距離抵達他的世界；然而同時這一個跨步也是這些日子以來我努力想維持的長度，即使不能貼近至少不要後退，這種心情，說穿了就是膽怯吧。

但縱使下定決心了也還是感到害怕。

我進行了幾次長長的呼吸，斂下眼後又抬起眼，儘管保持微笑對我而言相當耗費力氣，但我非常希望，真的非常非常希望，在很久很久以後當他想起這一天時，記起的會是我的微笑。

這樣就好。

「我喜歡你。」

大概太過突然了。

陳哲凱整個人僵在原地，嘴開合了幾次卻依然沒有聲音，風輕輕涼涼的，我和他之間還是一個跨步的空白，但最後，我往後踩了一步。

他的臉孔顯得更加清晰了。

「不是惡作劇。」

「秦悠悠……」

他的尾音消逝在風中，果然還是會痛，心臟有些泛疼，儘管拚命撐住微笑但眼淚卻不受控制地滑落，我想拭去卻打消了念頭；我的私心讓我想盡可能的延長這一刻，我的喜歡，在下一個瞬間就會結束了。

我需要句點。卻害怕句點。

「我想說的話說完了。就這樣。既然你找不到適當的話就不要說了。」

結束了。

有點難過。

不、大概移動之後我體內的難過也會跟著爆發，但沒有關係，就連這些難過，也藏著屬於陳哲凱的喜歡。

「秦悠悠——」

抬起腳步時他喊了我的名字，但我沒有停頓反而更加堅定地往前走，這樣就好，踏下階梯之後我的喜歡也會慢慢落地，然後，我還是那個他眼中喜歡興風作浪的秦悠悠。

這樣就好。

□

秦悠悠簡直扔了核彈在他面前。

陳哲凱花了很長一段時間才理解現狀，但等他回過神來秦悠悠已經離開了，終於有腦袋思索五分鐘前的一切，他忽然驚愕地張開嘴，像黃金獵犬般瘋狂甩頭。

「難道我拒絕秦悠悠了嗎？」

「我沒有說話啊。」

「可是沒有說話就變成拒絕了啊。」

「不會吧不會吧不會吧——」

陳哲凱半崩潰地抱著頭又接著猛力甩頭，關鍵時刻他居然很沒有用的僵住，明明電影演到這裡只要男主角欣喜若狂地抱住女主角就會浮現「The End」的字幕，然後故事就會停在最愉快的瞬間啊——

但為什麼會這樣？

「啊啊啊啊啊——」

陳哲凱挫敗地蹲在地上，秦悠悠自尊心很強的啊，就算這時候跑過去說一百遍「我也喜歡妳」也彌補不了他方才的失誤；不可原諒，陳哲凱你真是不可原諒，他又可憐兮兮地抓著頭髮，認真考慮起要不要撞兩下牆來讓自己振作一些。

那現在該怎麼辦？

他突然定格，對啊該怎麼辦，當然最簡單的方法就是立刻到秦悠悠面前表示自己也很喜歡她，不對，是非常喜歡她，但就算如他這般思考略微單純的少年也很清楚，錯過了適當時機無論展現什麼效果都會大打折扣。

「那就做到就算被賤價大拍賣也還是很貴的程度就好了吧。」

沒錯。

如果採取一百分的動作會被貶為一分，那麼只要乘上一百倍，展現出一萬分的誠意就能抵達一百分的境界了。

陳哲凱醍醐灌頂般刷地起身，臉上揚起很愉快的燦爛笑容，但才剛轉身臉又垮了下來，解決的途徑是很理想沒錯，可是、方法呢？

傳說中的一萬分方法呢？

「果然連冬冬都嫌棄我也不是沒道理的……」

等一下。冬冬。兔子。

陳哲凱不自覺偏著頭思索起閃現的片段，他和秦悠悠的起點認真說來並不是那封惡作劇的情書而是一隻不存在的灰白色兔子，唇邊漾起溫柔的微笑，他想起她倔強的側臉以及那聲輕軟的謝謝；秦悠悠用一種很無所謂的方式將他拉出幽黑的深淵，同時也讓他明白深淵的可怕與無底都來自於他自身的恐懼。

他想，秦悠悠並不是不在乎也不是無所謂，而是扭曲地認為展現如此的態度能減輕另一個人的負擔，秦悠悠絕不是負擔，她的感情也不是。

他想讓她明白這一點。

陳哲凱抬頭望了彷彿漿洗過的藍天，有一種強烈的直覺，當他下樓再度碰見秦悠悠時，她的臉上絕對會掛著一張無所謂的燦爛笑容。

但他不喜歡。

這個世界上他最不喜歡的就是秦悠悠勉強的燦爛笑容。

既然如此就讓她連勉強都沒有力氣好了。

陳哲凱堅定地走往操場，儘管已經上課好一陣子了，整個校園安靜到使他的移動都顯得突兀，但他沒有遲疑依舊往前走，他選了一個自己能清楚看見秦悠悠而所有人都能看清他的位置站定。

接著深呼吸。

大喊：

「秦、悠、悠、我、喜、歡、妳——」

突如其來的叫喊驚動了整個校園，大多數的學生顧不得站在講台前的老師而興致勃勃地往窗邊擠，當然沒人擋住秦悠悠的視線，於是他恰好能直勾勾地面對她。

「我、喜、歡、妳——」

他的第二次叫喊震醒了錯愕中的學生，引來一陣熱烈的叫喊，對於其他人來說，接連兩天的兩場告白、三個主角，簡直比偶像劇更加精采。

陳哲凱看見秦悠悠稍稍偏著頭，大概是在思考些什麼，真的好可愛，公開告白沒讓他臉紅但她的小動作卻熱燙了他的雙頰。

他開始往前走，一步一步朝秦悠悠走去，而她始終坐在自己的位置上掛著不很在乎的表情，最後陳哲凱停在窗前衝著她笑，似乎有一點不好意思。

「從現在開始我來當妳的兔子吧。」

沒人聽懂他在說什麼。

但秦悠悠懂。

他承諾讓她再也不需要虛構一隻兔子來藏匿自己的難受，因為有他。

「已經有冬冬了。」

「我比冬冬更喜歡妳。不管妳要一百倍的喜歡還是一萬倍的喜歡，我這裡都有。」

「我會考慮。」

「那就好。」

陳哲凱很開心地咧開笑，儘管走廊的另一端有兩位面帶怒氣的老師直奔而來他依舊沒有移動的打算，他被老師拎住拖往辦公室，但他想了一下又大喊了一聲：

「我要讓所有人都知道陳哲凱很喜歡秦悠悠——」

□

陳哲凱好像被修理得很慘。

其實我完全沒有想透那傢伙的心思，直到現在還是想不透，他輕快地走在我左邊，沈芳蕾沉著臉走在右邊，還有幾個好奇心旺盛的人尾隨在後頭；偏著頭我決定暫時放棄，反正想不透的也不只我一個人。

「你這個討人厭的傢伙。」

沒想到先忍受不了沉默的居然是平常最安靜的沈芳蕾。

她開始近身搏擊，當然不是攻擊我，陳哲凱東閃西躲卻有種任憑她發洩的認命感，最後沈芳蕾大概是累了，但更大的原因應該是站在門口的江思愷。

「芳蕾傳了訊息給我。」

江思愷的笑容非常溫柔，雖然還抽空瞪了陳哲凱兩眼，我蹙起眉拿出我擱置的腦袋認真思考了整件事，眼一斜我瞄往沈芳蕾而她則露出此地無銀三百兩的演技。

結論是我被玩弄了嗎？

不是。

至少我看穿了。

但我左邊那傢伙一點也沒有領悟。

算了。不管了。我也不想承認自己被哥哥和朋友給出賣了，難怪他們兩個聽見我要主動告白態度都那麼詭異，我冷哼了兩聲，把書包扔給江思愷，乾脆地握住陳哲凱的掌心。

果然，這兩個傢伙就留在原地懊悔吧。

但一抬起眼卻迎上陳哲凱揉合著錯愕、訝異、欣喜、安心還有一個其他辨識不出來的感情的雙眼，作繭自縛，大概就是這種狀況。

「我跟陳哲凱要單獨散散步、聊聊天，閒雜人等就不要參與了。」將兩個人拋在腦後逕自拉著陳哲凱往前走，經過了兩個路口我終於想到要鬆開手，這次卻反被緊緊握住，連掙扎都被無視。

「放開。」

「我不要。」

「叫你放開我。」

「秦悠悠。」陳哲凱忽然很認真地凝望著我，「我不是為了放開才抓住妳的。」

「你……」

「聽見妳說喜歡我的時候我整個人呆住完全沒辦法反應過來，因為太高興了，我本來是那種喜歡就直接說出來的人，可是我知道妳有很多顧慮，所以告訴自己要努力壓抑自己的感情……我第一次清楚明白退讓也是一種喜歡，只要妳能開心地笑著就好，可是，我可能還不夠成熟，始終希望自己會是那個讓妳開心的人、也是陪著妳開心的人。其實我已經做好心理準備了說，就算看見有人牽著妳的手，我也要笑著祝福妳；但就因為這樣，現在牽住妳的手的人是我，我絕對、絕對不會放開。」

「笨蛋。」

「嗯，不過喜歡笨蛋的人也沒有多聰明。」

「也是。」

「可是我還在想沈芳蕾該怎麼辦。」

我別開臉忍住笑，「時間會讓感情慢慢淡化吧。」

「可是我覺得我會越來越喜歡妳耶。」

「是嗎？」

「嗯。」他停下腳步重重點了頭，接著伸出另一隻手輕輕碰了碰我的臉頰，

「妳的臉好紅，秦悠悠妳好可愛。」

「閉嘴。」

「好。」

陳哲凱真的不說話了，但他的手依然握得緊緊的，熱度毫不保留地從掌心傳遞而來，我和他好像繞了遠路，但幸好，最後還是抵達了。

「不過班長是怎麼回事？」

「什麼？」

「他說他跟妳告白，妳說會考慮。」

「喔。」真是措手不及，原來班長是這種腹黑角色，果然人在面對喜歡的人時總是會不像自己，卻也暴露了自己，「是還在考慮。」

「妳已經有我了。」

「但班長先向我告白。」

「這跟順序一點關係也沒有，沈芳蕾先跟我告白但我還是喜歡妳。」

「現在要討論沈芳蕾嗎？」

「我不是這個意思。」

「那你打算繼續討論班長嗎？」

「我……算了，我人很好的，但妳不要再考慮了，考慮太多會變笨。」

「陳哲凱。」

「嗯？」

「你要牽著我走去哪裡？」

「不知道。」他笑得好靦腆，「但我不想要送妳回去，因為不想鬆開妳的手。」

偏著頭我仔細觀察著眼前的青澀少年，幾分鐘後我終於意識到違和感的來源究竟在哪了。

「你不要對其他人這樣笑。」

「什麼？」

「像平常一樣板著臉就好。」

「為什麼？」

「我不喜歡。」嘆了一口氣，壓抑住想扯他臉頰的衝動，「不是說現在。」

他點了點頭彷彿理解了些什麼又揚起燦爛的笑容。

太過絢爛。

而讓人失去了理智。

踮起腳尖我輕輕吻了他的唇畔，他僵了幾秒鐘才反應過來，指尖彷彿殘留著輕輕的顫抖，他轉身將我攬進懷裡，結結實實地抱緊我。

也許，這就是我們反覆想確認的答案。

之外。那些很小很小的日常

密謀——

「果然越親近的人越不可信任。」

「我本來是想拆散你們啊，沒想到弄巧成拙，不過就算你們確認了彼此心意，我也還是反對，因為對象是這傢伙，我堅決反對。」

江思愷不很愉快地瞄了正在討好兔子的少年一眼，但轉頭對妹妹卻扯開溫柔討好的笑容，但少女卻絲毫不領情，自顧自地翻著推理小說。

「我也反對。」

「妳反對什麼啊？」

「就是討厭你。」

據說向少年告白過的漂亮女孩毫不猶豫便選擇哥哥的陣線，不需要理由，只要能跟少年作對都好。

特別是他霸佔了秦悠悠大量時間，這不可饒恕。

而狀似不打算參與話題的少女卻突然開口了。

「我最討厭麻煩的事情了。」

「什麼意思？」

「字面上的意思。」

「就算妳要往後退，反正只要我往前的速度比妳快就好了，秦悠悠，除非妳不喜歡我，不然我絕對不會退後。」

少年的「某些言語」不知為何越來越流暢，大概是對於羞恥度的容忍值一次一次變得更加寬鬆了。

人是充滿無限可能的。

他甚至能板著臉說出一大串毫無羞恥心的告白，儘管許多女孩直呼浪漫，但江思愷卻越聽越難以忍受。

「真噁心。」

「嗯，讓人食慾全消。」

「我覺得還可以。」

「原來秦悠悠喜歡這種的喔。」

「那我也來練習好了。」

方才覺得難以忍受的哥哥居然一瞬間改變了心意，卻被少年果斷阻止。

「關你什麼事？」

「你這個我妹妹的普通同學，不要插手別人的家務事。」

「秦悠悠的哥哥，就算你堅決反對我也不會退讓。」

「江思愷沒有反對。」

「什麼？」

「他在後面施力我才決定告訴你的。」

「這不是真的——」

少女涼涼地托著下巴欣賞少年的不可置信，她覺得很可愛，一旁的哥哥和漂亮女孩搖了搖頭，雖然討厭霸佔秦悠悠的傢伙，但他付出的精神力也是很可觀。

喜歡果然有各式各樣的表現法。

The End

喜歡的直線距離 Just between You and Me

後記

之一

很多時候喜歡就靠得那樣近，卻反而由於貼近而顯得模糊，於是便看不清自己也看不見對方。

秦悠悠和陳哲凱都不擅長處理自己的感情，又有太多考慮與猶疑，並沒有對錯可言，只是喜歡往往都是那麼簡單，卻也是那樣複雜；故事暫名為《喜歡的直線距離》，我不知道最後是否會沿用，但這標題並不是我認為兩個人的喜歡有所謂的直線距離，所以能夠抄捷徑前進，而是所有的迂迂繞繞都能被扯直成為一條抵達對方的路途。

走遠走短誰在乎呢，終歸是到了。

喜歡大概就是這麼不講究經濟效益的一回事吧。

至少陳哲凱在反覆的猶豫之中明白了他對秦悠悠的在乎有多深，也學會了並不是明白攤開才是喜歡，有些時候為了保護對方，學著消化自己的感情也是一種愛人的方式。秦悠悠則相反，她多少明白人不能考慮太多，有很多感情在那些反覆當中也會被消磨，於是她決定往前。

無論最後得到了什麼結果，但所謂的改變大概就是一種證明，自己的感情以及對方的存在都是真真切切的。

於是那諸多的細節讓我們成為更具體的自己。

之二

江思愷是非常重要而關鍵的角色，比陳哲凱更重要，他的存在拖曳著秦悠悠所背負的光源與黑影；然而也因此不得不刪減他的出場，儘管角色本人的性格討喜，卻抹滅不了他所意涵的沉重。

人的心中或多或少有這樣一個人，也許那個人代表了自己的青春、自己的失敗又或者是自己的失去與捨棄，例如Ｐ之於陳哲凱。在沉澱之後陳哲凱或許能理解Ｐ的選擇，畢竟Ｐ的展現說到底也只是人性，但陳哲凱必定難以面對Ｐ，Ｐ代表的並不僅僅是Ｐ個人，而是那個曾經捨棄陳哲凱的群體。

我沒有刻意描寫，但秦悠悠與P確確實實是兩個映現：受過霸凌而選擇讓自己成為打壓陳哲凱的那一方，P明白，群體中總有一個坑洞需要有人去補，他好不容易爬出來了，於是他選擇了最簡單的方式，推了陳哲凱去填。但秦悠悠不是，她同樣明白那裡有一個巨大幽黑的塹谷，但她扯住了幾乎要墜入的陳哲凱，以其他方式試圖填補那部分凹陷。

於是成就了陳哲凱的痛苦與救贖。

而我企盼多數的人能夠選擇成為秦悠悠，而不是一個沒有名字卻帶來巨大黑影的P。

喜歡的——直線距離

JUST BETWEEN YOU AND ME

Sophia
作品集07

國家圖書館出版品預行編目資料
陪在你身邊／Sophia 著．
—初版.—臺北市：春天出版國際, 2016.06
面；公分.—（Sophia作品集；07）
ISBN 978-986-5607-42-5（平裝）
857.7 105008868

版權所有・翻印必究
本書如有缺頁破損，敬請寄回更換，謝謝。
ISBN 978-986-5607-42-5
Printed in Taiwan
All rights reserved.

作　者　Sophia
封面設計　克里斯
內頁編排　三石設計
總編輯　莊宜勳
企劃主編　鍾靈
責任編輯　黃郁潔、牛世竣

出版者　春天出版國際文化有限公司
地　址　台北市信義區信義路四段458號3樓
電　話　02-7718-0898
傳　真　02-7718-2388
E－mail　frank.spring@msa.hinet.net
網　址　http://www.bookspring.com.tw
部落格　http://blog.pixnet.net/bookspring
郵政帳號　19705538
戶　名　春天出版國際文化有限公司
法律顧問　蕭顯忠律師事務所
出版日期　二〇一六年六月初版
定　價　180元

總經銷　楨德圖書事業有限公司
地　址　新北市新店區寶興路45巷6弄6號5樓
電　話　02-8919-3186
傳　真　02-8914-5524

Sophia
作品集
07

Sophia

作品集

07